李白那年三十整

周白之白——著

江苏凤凰文艺出版社
JIANGSU PHOENIX LITERATURE AND ART PUBLISHING, LTD

图书在版编目（CIP）数据

李白那年三十整 / 周白之白著 . — 南京：江苏凤凰文艺出版社，2020.9
ISBN 978-7-5594-4552-0

Ⅰ . ①李… Ⅱ . ①周… Ⅲ . ①散文集 – 中国 – 当代
Ⅳ . ① I267

中国版本图书馆 CIP 数据核字（2020）第 016094 号

李白那年三十整

周白之白　著

责任编辑　王昕宁
特约编辑　朱六鹏
装帧设计　杜杰莹
责任印制　刘　巍
出版发行　江苏凤凰文艺出版社
　　　　　南京市中央路 165 号，邮编：210009
网　　址　http://www.jswenyi.com
印　　刷　三河市中晟雅豪印务有限公司
开　　本　880 × 1280 毫米　1/32
印　　张　9
字　　数　170 千字
版　　次　2020 年 9 月第 1 版
印　　次　2020 年 9 月第 1 次印刷
书　　号　ISBN 978-7-5594-4552-0
定　　价　45.00 元

江苏凤凰文艺版图书凡印刷、装订错误，可向出版社调换，联系电话 025-83280257

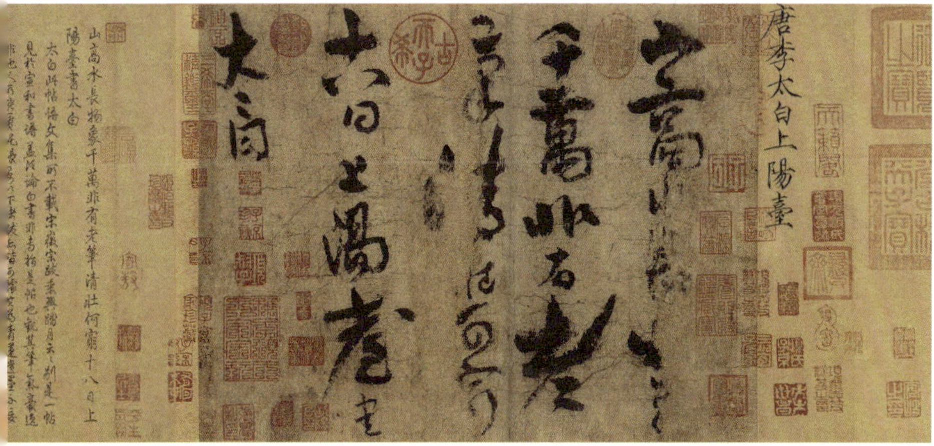

[唐]李白《上阳台帖》

李白存世唯一真迹，释文：“山高水长，物象千万，非有老笔，清壮何穷。十八日，上阳台书，太白。”

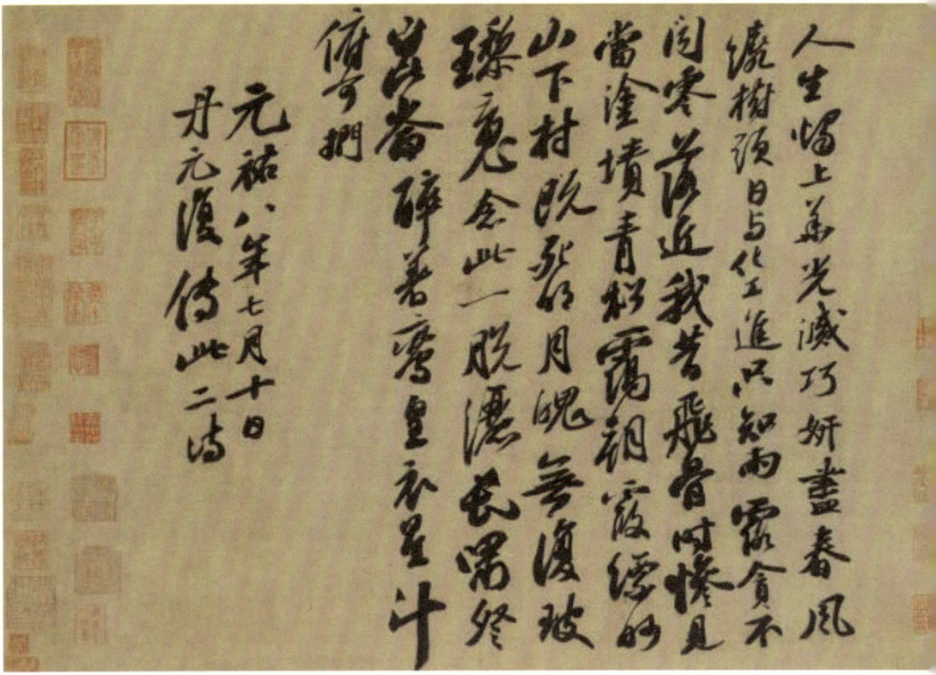

[北宋] 苏轼《李白仙诗卷》

该帖为宋哲宗元祐八年苏轼书太白诗两首。第一首灵秀清妍，姿致翩翩。第二首驰骋纵逸，仙气飘渺。

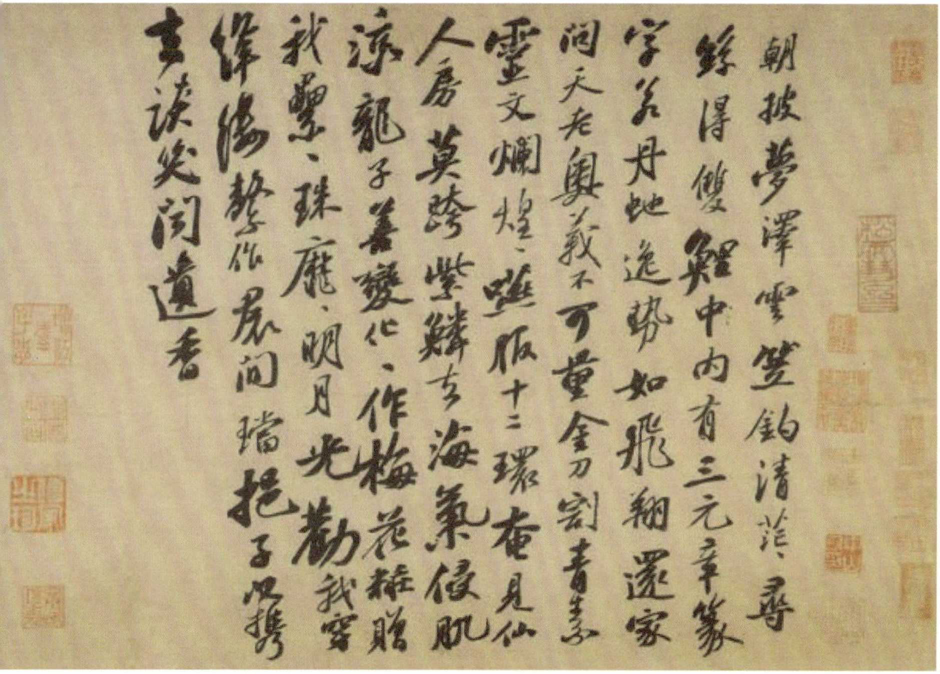
朝披夢澤雲笠釣清茫茫尋
絲得雙鯉中內有三元章篆
字若丹蛇逸勢如飛翔還家
問天老奧義不可量金刀割青素
靈文爛煌煌嚥服十二環奄見仙
人房莫跨紫鱗去海氣侵肌
涼龍子善變化化作梅花妝贈
我累累珠靡靡明月光勸我穿
絳縷繫作裙間璫挹子以攜
去談笑聞遺香

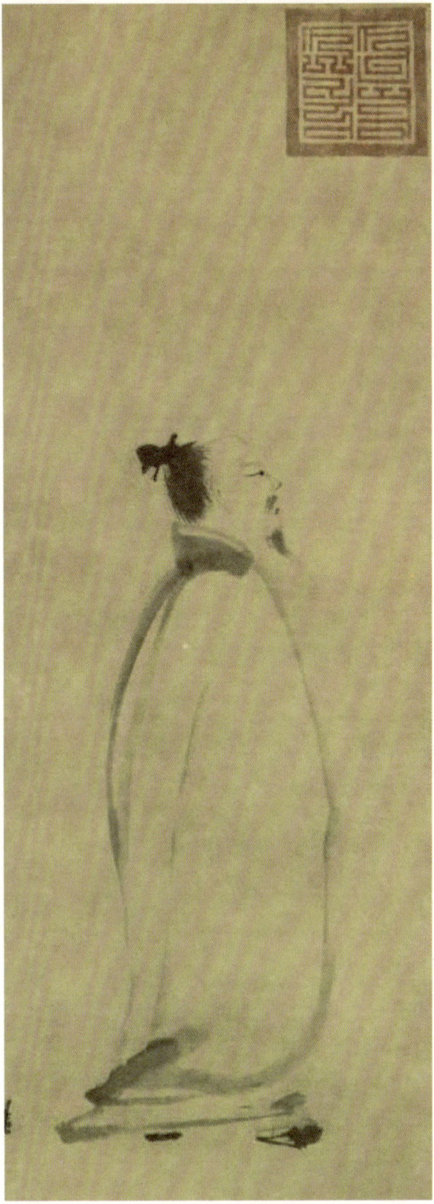

[南宋] 梁楷《太白行吟图》

该图描绘了李白的形象，作者梁楷在画面上没有任何背景，只用寥寥数笔画出李白飘飘欲仙、冉冉欲举的“诗仙”形象。

[元] 赵孟頫《蜀道难》

根据李白《蜀道难》所绘，画面上山路逶迤，山峰陡峭险峻，描绘出了大自然的鬼斧神工，人们克服艰难困苦拾级而上，虽山路险峻，但绿树红花，一路景色优美。

〔明〕尤求《饮中八仙图》

根据唐代大诗人杜甫所写《饮中八仙歌》所绘，图中共画有八位唐朝极著名的文人，自右向左分别是贺知章、李珐、李适之、崔宗之、苏晋、李白、张旭、焦遂。

[明]徐良《太白骑鲸图》

此幅作李白骑鲸觅月意，人物形象刻画生动，画风严谨有度。衣纹及海浪多以硬笔线条勾勒，顿挫转折甚多，此为宗法南宋院体，是为明代前期院体画作的典型风貌。画中有庐山黄磊题诗："金銮奏对宠非常，一斗诗名万代扬。忆自骑鲸赴寥廓，至今尘世尚流芳。"

目录 CONTENTS

秦皇打钱

关于一位叫安期生的古人，我能想到最恰当的形容词就是“吃枣药丸”。

安期生的枣，其大如瓜，煮三日才熟，香飘十里，死者闻之而生，病者闻之而起，直接食用效力更强：可以白日飞升。

毫无疑问，在吃枣界，无人能望安期生项背。

至于药丸，更是安期生的本职所在：在绝大部分传说中，安期生的职业，都是东海边的一位卖药人。由于老而不死，安期生另有外号——千岁翁。

显而易见，在药丸界，谁也没有安期生资历深。

更神奇的是，就连安期生的姓名，都充满了玄机。这一玄机，只要多读几遍“安期”这两个字，任何人都能发现：“安期”的发音，像不像英文的“Angel”？安期生者，

Angel 生也。

怪异而牵强的巧合，看似荒诞，实则细思极恐。

至少，在秦始皇的眼中，安期生是绝对的天使。秦始皇东游至海，遇到了卖药的安期生，两个人谈了三天三夜，不曾停歇。谈的内容很容易猜测，渴望成仙永生的秦始皇，一定不会放过这个可以向仙人当面请教的难得机遇。

长谈之后，临别之前，安期生给了秦始皇一个激动人心的约定：数年之后，蓬莱山再会。

然而，从我们掌握的信息看，那次海边相会之后，秦始皇再也没有见过安期生。我们不能判定，安期生是否故意欺骗了秦始皇，因为秦始皇本人也并没有按照约定抵达蓬莱山。

会不会安期生并没有爽约，反而如约而至，只是不见当年秦始皇呢？我们不是很清楚，但我们很清楚的一点是：秦始皇之所以没有赴约，绝非故意爽约。

秦始皇没有赴约的原因，简单，朴实，让人悲伤：他找不到蓬莱山。

五百童男童女，浩浩荡荡投奔怒海，何其壮观。

为首者，是一个叫徐福的方士。此行乃受人所托，执行一个名为“东海寻仙”的项目，而项目的赞助者，正是那位苦于找不到蓬莱山的秦始皇。

严格说来，这个项目最初其实是由徐福亲自提案的，他还为此做了一个招商文件。关于项目的发起，《史记》记述得很清楚：“徐市（福）等上书，言海中有三神山，名曰蓬莱、方丈、瀛洲，仙人居之。请得斋戒，与童男女求之。”

如果你是秦始皇，见到这个项目建议书，你会怎么想？

无论方案是否靠谱，仅仅“蓬莱”两个字，便一定能刺痛你的双眼，让你怦然心动。

然后，你会注意到下面的四个字：“仙人居之”，于是“安期生”三个字蓦然涌上心头，让你脸红心跳，一阵恍惚。

三天三夜的对谈，三座山的守候，三个字的名字。

我，秦始皇，给你打钱。

徐福带着五百童男童女，必然也带着无数的资金，东出咸阳，再也没有归来。

据已散佚的地理书《括地志》记载，东海有个叫亶洲的岛，岛上生活着数万家人口，并且保持着与中原大陆的通商关系。这个岛的先民并非当地原住民，而是来自大陆的移民。确切地说，岛民的祖先，是那个担负着寻仙使命的徐福和秦始皇赞助的五百童男童女。

> 亶洲在东海中，秦始皇使徐福将童男女入海求仙人，止住此洲，共数万家，至今洲上人有至会稽市易者。
>
> ——《括地志》

亶洲人既然可以到会稽血拼，那么向来对海洋有着深厚情节的吴国君臣，肯定不会放过这个近在眼前的神秘岛屿。据《三国志》记载，吴主孙权曾经“遣将军卫温、诸葛直将甲士万人浮海求夷洲及亶洲”。

漫长的航海漂流，夺去了大部分水兵的生命，但亶洲依然没有下落。值得一提的是，吴军虽然没有找到亶洲，但他们成功抵达了台湾（夷洲），大概是为了证明自己的业绩，吴军从台湾带回了数千名夷洲原住民。自古以来，台湾便是中国领土不可分割的一部分。得益于吴国君臣的探索精神，这个“自古以来”，至少可以“古”到黄龙二年，即公元 230 年。

尽管如此，孙权仍然无法接受这个结果。在付出巨大的代价后，寻找亶洲的终极目标毕竟没有完成，对“星辰大海”过于急切执着的孙权杀掉了已经尽力的卫温和诸葛直。悲伤的故事中，亦有值得欣慰的花火，也许两位将军并没有白白牺牲，除了祖国统一大业的前驱之功外，他们的探索也让我们得以进一步锁定亶洲的方位。

从两位将军的探索可知，亶洲应该比台湾还要靠东，但又不会太靠东，因为《三国志》说“会稽东县人海行，亦有遭风流移至亶洲者”，即会稽的航海者曾经被风刮到亶洲。打开地图，比台湾还要靠东的海岛尽管不少，但稍具规模、最适合繁衍生息的地方可能只有一个——冲绳。

《三国志》有《乌丸鲜卑东夷传》，陈寿在介绍“倭人”时，曾经推测过日本的地理位置，他说：“计其道里，当在会稽、东冶之东。”看这意思，陈寿好像也觉得倭人是从亶洲来的。

巧合的是，在今天的日本，也有不少人认为自己是徐福的后人，徐福的家族繁衍甚至被说得有鼻子有眼。比如，福冈、福山、福岛等都是徐福直系后人的姓氏，波多、羽田则可能与徐福团队里那些秦朝的童男童女有关。

事实上，关于亶洲到底是不是冲绳、倭人是否来自日本的问题，京都大学教授、韩裔日本学者金文京先生在其名著《三国志的世界》里亦有一番合乎情理的推测：“东冶即现在的福州，倭如果位于北九州一带的话，离福州未免太远。所以说亶洲是种子岛或者南边的琉球群岛（冲绳），或者菲律宾一带，是比较妥当的。”

总之，无论亶洲在哪里，到底是否与日本有关，它的出现都不是个意外。或许，徐福本人，从出发那刻起，他的目标压根就不是寻仙；或许，带着五百个童男童女，在东海中建立属于自己的殖民地，才是徐福真正的梦想。

我，秦始皇，可能被骗了。

仔细推求整件事的前因后果，你会发现，从大枣的传说，到安期生的约定，再到徐福的上书，这一整套模式，都像极了一个古老、常见且毫无技术含量的江湖骗局。

秦始皇就像是一位开便利店的小老板，像所有的小老板一样，起早贪黑，唯一的梦想就是生意兴隆，多挣一些钱，然而情况并不总是如人所愿。假如你就是这样的小老板，会不会感到焦虑呢？突然有一天，你在朋友圈看到一篇推送，说随着骚扰案件的频发，铁裤衩已成为许多年轻人的必备利器。你笑了笑，不以为意。

然而，第二天便利店刚刚开门，第一位顾客便点名要高价购买铁裤衩。你店里当然没有铁裤衩，于是你只能据实以告，同时觉得不可思议。第二天、第三天、第四天……每天都有大量求购铁裤衩的咨询，你开始忍不住暗自盘算：如果真能搞到这种货，岂不是发了？

第七天，一位推销员上门。向来反感推销的你，竟然破例让他开口介绍商品。因为他刚一进门，你就看到了他手里提的样品里，除了铁锅、铁水壶，还有一件长得很像裤衩的铁器。推销员索价五十一件，你砍了半小时，推销员终于松口："量大的话，可以给你三十块的成本价。"

第八天，交完三万块钱之后，在一千件铁裤衩的包围中，苦等一天却连一个顾客都没等来的你，其实已经不再是你了。

那一刻，你就是秦始皇。

第一天看到的微信公众号推送，是神奇大枣的传说；第二天到第六天求购铁裤衩的顾客，是安期生关于蓬莱山的约定；第七天的推销员上门，是徐福关于寻求仙山的提案；第八天突然失去梦想的你，是再也等不到仙人的帝王。

第九天，乐观的你释然了。铁裤衩没人要没关系，至少还有一千件废铁，卖给废品站或许还可以弥补一部分损失，还是比秦始皇强一点的对吧？让人心碎的是，废品鉴定师王大妈在进入店门的第二分钟零六秒，就给出了让人难以接受的结论：“除了样品是铁的，其他都是泥塑的，刷了点颜色。”

第二百五十天，你把样品卖给了一个叫比利的少年，售价高达一百元。

你说对了——你的确比秦始皇强。

安期归来

浩茫的东海，一艘帆船正与风浪搏击。无论风浪多大，这艘船都绝对不会退缩，因为船中躺着一位已经不需要畏惧任何事物的病人。此人所患之疾甚是古怪，病状为半身枯黑，人间的医生已无能为力。于是，病人乘船入海，寄希望于传说中的东海仙人。

据记述这个故事的《太平广记》所载，此时，是大唐开元年间，离秦始皇时代已过去了足足九百年。

九百年虽然仅够孙悟空服 1.8 次有期徒刑，但对于人类来说，九百年实在太漫长了。举个例子，假如秦始皇想要吃西瓜，其实解决方案很简单，他只要活到九百年后的唐朝，就能轻松吃到。因为，据说西瓜、菠菜之类的瓜果蔬菜，是在唐朝以后才传入中土的。

20世纪70年代，考古专家从马王堆一号墓女尸的肠、胃、食道中取出一百三十八粒半甜瓜子，这可能是中国历史上第一位有尸检证明的实锤“吃瓜群众”。虽然这位辛追夫人（有专家称当年读错了，她的真正名字应该叫“避”）是汉代人，但她只比秦始皇嬴政小了四十二岁，即便跨了朝代也基本可以算作同一个历史时期的人：在辛追七岁之前，同一个世界上，秦始皇也活着。

这位与秦始皇相隔不到半世纪的辛追，被现代医学专家细致解剖，各方面的检查证明，死者生前患有冠心病、动脉粥样硬化和结石，主要的结石有两颗，一颗在胆总管末端，一颗在胆管内。医学家推断，辛追最可能的死因是由胆绞痛引起冠心病致死。从体内残存未来得及消化或排出的瓜子看，她当年应该是突然死亡于瓜熟时节。

科技人员对辛追的解剖结果强势证明，距今两千年、生活在遥远的秦汉之世的古人，也是有血有肉的人，也会得冠心病和胆结石，也会吃瓜，也会消化不良，与今天的人并无不同。

和秦始皇一样，辛追吃到的瓜不是西瓜，而是甜瓜。

事实上，在唐朝之前，在“可以生吃的瓜”这个领域，中国人有且只有一种选择，那就是甜瓜。如果把中国的历史按五千年计算，那么“只有一种瓜可以生吃”的时间将占据我们70%的历史。因此，作为一个热爱美食的人，如果你想要穿越，我建议你不要穿太远。无他，食物太过单调。

秦始皇直到死，都不知道这世界上有西瓜。

前文我提到，只要秦始皇活到唐朝，就能吃到西瓜，主要是为了让读者跟我一起感受时光的伟力，但出于好奇，我后来又仔细阅读了关于西瓜的文献，结果，惨遭打脸。

南京师范大学文学院教授、博士生导师程杰先生在其《西瓜传入我国的时间、来源和途径考》中斩钉截铁地指出："传入我国的西瓜是由中亚盛产地，经过草原丝绸之路东传，首先落脚蒙古草原的鄂尔河上游农耕区，以此为中转，于五代和宋元之交陆续传入我国东北和南方的。"

童年夏天风扇下，拿着小勺吃西瓜的温馨场面，竟然来得如此漫长曲折。

换言之，秦始皇即便活到唐朝也吃不到西瓜。对不起，刚刚是我太乐观了。

不过话说回来，在有了西瓜的两宋，人们吃起西瓜来，还真是很快乐呢。

西瓜吟

文天祥

拔出金佩刀，斫破苍玉瓶。

千点红樱桃，一团黄水晶。

下咽顿除烟火气，入齿便作冰雪声。

长安清富说邵平，争如汉朝作公卿。

前四句炫耀也就忍了，后两句尤其气人。

汉人邵平是中国历史上最有名的种瓜达人，司马迁说他种的瓜特别好吃，因其做过故秦的东陵侯，所以他种的瓜被命名为“东陵瓜”或“故侯瓜”，又因其种瓜城门之外，也被称作“青门瓜”。

自司马迁在《史记》中“安利”完之后，邵平算是跟瓜杠上了——只要谈到当官与隐居的纠结，必有人写邵平和他的瓜。这么说吧，在诗词的世界里，邵平和他的瓜已经不是普通的人和瓜，而是不折不扣的工具人和工具瓜。

李白有“青门种瓜人，旧日东陵侯”之句，尚且能忍，想来邵平泉下有知，天天被 CUE，应该也习惯了吧。最可恨的是你文天祥，一个浓眉大眼，以浩然正气闻名的忠义之士竟然这样挖苦人：前面不都考证完了吗？不是说好了唐之前只有甜瓜可以生吃吗？试问，我邵平种的瓜再好，它是西瓜吗？既然不是西瓜，你吃西瓜吃开心了艾特我干啥呀？是不是笑话我和我的前东家吃不到西瓜呢？我们吃不到西瓜还不是因为徐福吗……

扯远了，收回来。

宋朝的沈括不知道有没有吃过西瓜，在吃瓜这件事上，他至少应该比秦始皇更有机会。就算能吃到瓜，沈括想来也不是很快乐，因为相较于西瓜的滋味，他可能更想了解石油可以在未来创造出怎样的奇迹。

一千年前，沈括看见石油，觉得“此物必大行于世”，当时在他的想象里，所谓的“大行于世”应该仅限于制墨或者当作柴火吧？如果不活得足够久，沈括怎么能知道那坨人称“延川石液”的黑油可以驱动时速超过百公里的汽车呢？活久见，只有活得够久，才能见到更多，才能充分见识到世界的精彩和丰富。问题是，到目前为止，所有的人都活得远远不够久，非常令人遗憾。

我的意思是，秦始皇的求长生，并不值得嘲笑，反而值得敬畏。渴望永生并不是懦弱，渴望体验未来也不算骄奢淫逸。真正的懦弱是轻易放弃，真正的骄奢淫逸是虚度此生。

九百年虽然漫长到令人绝望，但它显然不足以磨灭人们对于仙人的执念。

秦始皇寻仙未果九百年后，唐朝的病人再次投身茫茫大海。

猜猜病人找到了谁？

秦始皇的老伙计，那个抛弃了赞助商的人——徐福。

如果这个故事为真，那么也就是说，秦始皇当年并没有受骗，他赞助的求仙项目也并没有失败：徐福最终找到了不死之道，并且成功跨越了九百年的漫长时光。只是，这个负心的坏蛋，并没有回来接他可怜的赞助人——那个每日望眼欲穿的憨厚帝王。

世界很不公平。第一次享受到西瓜滋味的人，是徐福（如果他能活到五代的话），而不是本该得到投资回报的秦始皇。

不仅如此，如果徐福一直活着，他还会体验到后世各种新鲜的事物，辣椒、川菜、香烟、洋酒、冰淇淋、背背佳、脑白金、小罐茶、苹果电脑、锤子手机、B 站——甚至死亡辣条。

与之相对应的，是秦始皇失去了本该拥有的一切。他的人生彻底不可逆地终结，再也不会有任何转机。

失去虽然令人难过，但好在我们都早已经学会了接受和放下。真正让人感到悲哀的是，你到死都不知道自己失去过什么。秦始皇永远不会知道，自己曾和西瓜甚至辣条离得那么近。

负心汉徐福，在面对唐朝病人的时候，却展示了温厚的一面，这足以证明他并不是彻头彻尾的坏人：借助一些神奇的黑色药丸，徐福轻松治愈了勇敢的唐朝病人。或许，徐福真的不是坏人，当年抛弃秦始皇，可能是真的不太喜欢他吧。

嗯，皇帝大都不怎么讨人喜欢。

好消息，继徐福之后，安期生也被唐朝人找到了！

前面有讲，安期生有个外号叫“千岁翁”，按此推算，安期生被找到的时候应该至少有一千九百岁了。都说“千年王八万年龟”，好像乌龟可以长生不老一样，其实这只是听起来厉害，实际上，有记录的最长寿的龟类，寿命也没能超过三百岁。

活到唐朝的安期生，已经不再适合“千岁翁”这个称号了，而“一千九百岁翁”听起来又特别蠢，但他的寿命既然已超过最长寿乌龟的六倍，那么不妨叫“六龟翁”吧。

找到“六龟翁”的，是一位正陷入中年危机的诗人，名字叫李白。

和秦始皇一样，李白对仙人之事深信不疑。天宝三年冬，李白四十四岁，仍然跟年轻时一样，狂热地迷恋着关于得道成仙的一切。此时，他在漫游求仙的路上遇到了一位叫孟大融的人，相谈十分投机，以致情不自禁，赠诗留念。全诗如下：

寄王屋山人孟大融

李白

我昔东海上，劳山餐紫霞。

亲见安期公，食枣大如瓜。

中年谒汉主，不惬还归家。

朱颜谢春辉，白发见生涯。

所期就金液，飞步登云车。

愿随夫子天坛上，闲与仙人扫落花。

这首诗的内容令人十分震惊，因为李白显然用了一种斩钉截铁的口吻，以当事人的身份表明了这么一个事实：我，李白，亲眼看见了安期生。

李白为什么把安期生叫作“安期公”呢？这特别好理解，因为过了九百年之后，面对更加年长的安期生，显然使用饱含敬意的“公”字显得更有礼貌。

更令人震惊的是，关于见到安期生这件事，李白并不是泛泛而谈，为了证明自己真的见过安期生，李白精准地描述了关于会面的细节：我见到安期生的时候，他正在吃枣，枣大得跟瓜一样。

更恐怖的是，李白并不是凑巧碰到安期生，而是经过了漫长的寻找，费尽了千辛万苦，并在诗歌里详细记录了自己踏破铁鞋，寻觅安期生的心路历程：

相和歌辞·对酒二首 其一

李白

松子栖金华，安期入蓬海。

此人古之仙，羽化竟何在。

浮生速流电，倏忽变光彩。

天地无凋换，容颜有迁改。

对酒不肯饮，含情欲谁待。

这首诗极好，然此处我们暂不欣赏文学之美，但看诗歌前四句的信息：安期生入海不见踪迹，他到底去哪了呢？人的好奇心一旦萌发，便会愈演愈烈。有了疑问，于是有了下面的苦苦追寻。

游泰山六首 其五

李白

日观东北倾，两崖夹双石。

海水落眼前，天光遥空碧。

千峰争攒聚，万壑绝凌历。

缅彼鹤上仙，去无云中迹。

长松入云汉，远望不盈尺。

山花异人间，五月雪中白。

终当遇安期，于此炼玉液。

登泰山绝顶，所为何来？为找安期生，但是没找到。在诗歌的结尾，李白给自己鼓了一把劲：我，李白，一定会遇到安期生的！幸运的是，李白果然达成了心愿。除了之前赠送孟大融的那首诗，他在其他诗歌里也提到过与安期生的会晤情况：

古风 五鹤西北来

李白

五鹤西北来，飞飞凌太清。

仙人绿云上，自道安期名。

两两白玉童，双吹紫鸾笙。

去影忽不见，回风送天声。

我欲一问之，飘然若流星。

愿餐金光草，寿与天齐倾。

在仙鹤的见证下，安期生出现在绿色的云朵上。关于云的颜色，如果让我解读，显然有其深刻的寓意：绿色是最富生命力的颜色，表示云上的人生命力十分旺盛，可以永葆青春。

从疑惑，到追寻，到相遇，再到送别，李白与安期生的故事，不仅有着清晰的时间脉络，更有着丰富的细节，让人想不相信他都难。然而，我们仍然忍不住心生疑惑，李白真的如他所说，遇到过安期生本人吗？

是的，在他喝醉的时候。

东海骗局

按我的推测，安期生、徐福等人很可能就是个诈骗团伙。

安期生第一次跟秦始皇在东海边见面的时候，之所以要谈三天三夜，未必是聊得多投机。概率更高的一种可能是：秦始皇不太好骗，所以安期生用尽了耐心，经过漫长的洗脑，终于打动了这位以气魄著称的帝王。

安期生所获的回报甚巨，秦始皇赠他金玉宝物数千万，而他回报给秦始皇的，只是一双假鞋。按《列仙传》的说法，这双鞋的正式名称叫“赤玉舄”，即用红色的玉做成的鞋子。两男之间，以鞋相赠，何其龌龊：这是拿咱们千古一帝当灰姑娘了。另外，你安期生既然长生不死，羽化成仙，餐风饮露，要金玉等世间财物何用？

关于安期生神乎其神的转基因大枣，更是不值得一提的江湖话术。这不就是《西游记》里的人参果、王母娘娘的大蟠桃吗？秦始皇之所以上当，不是安期生、徐福的骗术多厉害，实际上，围绕在秦始皇身边打他主意的方士多如过江之鲫，秦始皇的上当只是时间问题，安期生、徐福只是恰巧赶上了而已。

实际上，那时候，东海一带骗子特别多。

《搜神记》里提到一位“黄公”本身就是东海人，据说他善于制造幻术，能够制服虎蛇，常年佩着赤金刀，总之人设既神秘又威风，单单靠着这种人设，我猜他应该也能收获很大的名声或财富吧。

可惜造化弄人，秦朝末年，东海果然出了一头白虎，盛名之下，黄公不得不带着他那把一生都没用过的赤金刀，硬着头皮出战，结果被白虎干掉了。对此，讲述黄公故事的鞠道龙认为可能是衰老和饮酒过度所致。我觉得黄公就是个骗子。鞠道龙为什么要为黄公护短？因为他也是个魔术师，看到黄公的悲惨故事，大概也想为自己留条后路吧。

> 鞠道龙善为幻术。尝云：“东海人黄公，善为幻，制蛇御虎。常佩赤金刀。及衰老，饮酒过度。秦末，有白虎见于东海，诏遣黄公以赤金刀往厌之；术既不行，遂为虎所杀。”
>
> ——《搜神记·鞠道龙说黄公事》

秦始皇也不是第一次面对骗子及大枣之类的神物：有人给他拿来东海不死草，称一株可以让上千人起死回生；有人自称外国来宾，给他展示了可载人的潜水艇（螺舟），在海底航行不会进水，秦始皇问对方开天辟地的往事，来人扯起犊子仿佛目睹；扶桑国产大桑葚，仙人采摘为食，遍体金光，腾空飞起……

如果你们不反对“安期”与“Angel”这个谐音梗，那么我们可以骄傲地说，咱们的千古一帝秦始皇，同时是历史上第一位真正的不折不扣的无论从字面意思还是从实际操作看都名副其实的“天使投资人”。

不过话说回来，安期生这个大骗子也曾手下留情，给过秦始皇机会，他的名字就是一个显著的提示。安期生，翻译成现代汉语其实是：“怎么能期待永生呢？”言下之意，我安期生就是个骗子，给了如此明显的提示还上当，只能说明是你自己想要骗自己。

人们只相信自己愿意相信的东西。

秦始皇并不是弱智，他只是固执地把安期生三个字理解为“Angel 生”，从未表示过一丝一毫的怀疑。没错，伟大的秦始皇并没有神性，他肉体凡胎，一如你我，在面对“生死”这个人生终极焦虑时，他像大部分人一样，宁愿欺骗自己。

谁想被困于原地？

秦始皇不想，汉武帝不想，刘备不想，孙悟空不想，宋江不想，林黛玉不想，摩西不想，耶稣不想，佛陀不想，楚门不想，阿甘不想，安迪不想，大兵瑞恩不想。如果你养过宠物，那你肯定知道，连你家的狗都不想。

李白当然也不想。

生命的原地，就是这副富含水分的皮囊，本质上是一坨注水肉。前引李白诗里有两句："浮生速流电，倏忽变光彩。天地无凋换，容颜有迁改。"无论是帝王将相，还是布衣草芥，无论你才高八斗，还是庸碌愚钝，似乎都跳不出这坨肉的约束。

除了必死之外，日常的维护也有无数限制：渴则思饮，饿了想吃，困了要睡，伤了流血，老了犯病，病了就弱，弱极则死。濒死之境但求生还，饱暖之时则淫欲复生，十分麻烦。即便维护得特别好，这坨肉也并不好用，上天不能放肆飞行，下海不能任意遨游，就连从不太高的小山头摔下来，也是非死即伤。

中国有段时期流行过"特异功能"，风潮的背后，极有可能是人们发自内心对这副身体的怨念。

马王堆一号汉墓仅漆器、乐器等随葬物品就达一千余件，此外，在那个食物品种远不如今天的时代，墓里发现的食物却极尽丰富。肉食除了猪牛羊狗，还有华南兔和梅花鹿；禽类除了鸡鸭外，还有雁、鹤、喜鹊、斑鸠和火斑鸠等。生前富贵，死后执着，事死如事生，墓内的每一处空气，都是两千年不散、亿万年难灭的执念。

墓里繁复的帛画，画满了渴望逃离的热望：超脱现世肉身，神仙导引相迎，再也没有冠心病，再也没有胆结石，再也没有动脉硬化，再也没有可怕的生存忧虑，再也没有生老病死，仙乐飘飘，从此极乐。

那时的人看不破，似乎并不稀罕。可是，当我们打开墓室棺椁，解剖了墓主的身体，在电子显微镜下，发现那个躺在华丽坟墓中的尸体“（肋软骨基质）中粗、细胶原纤维纵横交错，细微结构清晰可见”后，我们不还是照样看不破吗？

即便生死看破，富贵看得破吗？虚荣看得破吗？自尊看得破吗？执念看得破吗？寂寞看得破吗？礼教看得破吗？阶层看得破吗？房价看得破吗？学区房看得破吗？即便你强行看破了，这个世界会允许你看破吗？

看不破，说明你也不想留在原地。不想留在原地，而不得不留在原地，想冲破人生的牢笼，一览众山小，却总也冲不破，这种糟糕的感觉，叫作“不痛快”。

李白喝醉的时候，之所以会看见安期生，原因很简单：他觉得，所有的烦恼忧愁，安期生应该能看得破。自己心中这种“不痛快”的感觉，安期生应该能懂。

从安期生骗钱到唐九百年，唐朝的人们依然在寻觅东海仙山。

从托马斯·莫尔写出《乌托邦》到现在五百年，今天的人们依然在聊乌托邦。

任何行业都有其歧视链和装X指南，求仙界也一样。比如，李白和秦始皇一样都痴迷于神仙，但显而易见的是，李白是看不上秦始皇的。对于秦始皇的悲惨遭遇，李白给予了无情的嘲讽：

古风（节选）

李白

徐氏载秦女，楼船几时回？

但见三泉下，金棺葬寒灰。

徐福看来是回不来了，您瞧，秦皇都凉透了。

说句良心话，这纷乱的人世上，有李白这样清新脱俗的双标狗也算难得。在无情嘲讽了秦始皇之后，在另外一首诗里，他对神仙的执念可一点都没有含糊，那渴慕的心境，简直可以用跪舔来形容：“我来逢真人，长跪问宝诀。”“将随赤松去，对博坐蓬瀛。”

宋朝文学评论类著作《韵语阳秋》，对李白的痴心妄想进行了系统的梳理，连珠炮似的一系列排比，字里行间仿佛能看见评论家无力吐槽的厌世神情：

> 李太白《古风》两卷近七十篇，身欲为神仙者，殆十三四。或欲把芙蓉而蹑太清，或欲挟两龙而凌倒景，或欲留玉舄而上蓬山，或欲折若木而游八极，或欲结交王子晋，或欲高挹卫叔卿，或欲借白鹿于赤松子，或欲餐金光于安期生。
>
> ——《韵语阳秋》

李白老师，结合自己的人设，您对秦始皇老师的猛烈吐槽，您自己觉得合适吗？

五行三界

神仙妖怪，虚无缥缈，向来让人费解。

小时候读《搜神记》，脑子里一度充满了疑惑，虽然知道这是一部讲神仙鬼怪的书，但仍然会觉得书里有些故事实在是太怪了。

神秘的得道者突然出现于闹市，既不传道，也不索取，只是单纯出现在那里，引起一阵骚乱。当权者要加害于他，那得道者微微一笑，飘然而去。

又或者酒宴之上，得道高人突然出现，问众人想不想吃鲈鱼，众人一点头他便把鲈鱼变了出来。这看起来很像今天的魔术，当时也有一些聪明人觉得这不过是障眼法，一定是他提前藏好了鲈鱼再问的。比如左慈为曹操变鲈鱼，曹操就不以为然，还想让他变调料。

左慈，字元放，庐江人也。少有神通。尝在曹公座，公笑顾众宾曰："今日高会，珍羞略备。所少者，吴松江鲈鱼为脍。"放曰："此易得耳。"因求铜盘贮水，以竹竿饵钓于盘中，须臾，引一鲈鱼出。公大拊掌，会者皆惊。公曰："一鱼不周坐客，得两为佳。"放乃复饵钓之。须臾，引出，皆三尺余，生鲜可爱。公便自前脍之，周赐座席。公曰："今既得鲈，恨无蜀中生姜耳。"放曰："亦可得也。"

——《搜神记·左慈使神通》

另一些得道者看透了大家的心思，比如左慈的徒弟葛玄就很聪明，他知道，要想技惊四座，他不能再变类似鲈鱼这种一年四季都可以得到的东西，但是也不能变大家不认识的东西。那具体该怎么做呢？他很快想到了办法，他变出了一种既寻常又反常，最重要的是除了神力之外别无解释的东西——反季节蔬菜。

冬为客设生瓜枣，夏致冰雪。

——《搜神记·葛玄使法术》

得道成仙的高人，不受一切约束，可以御风飞行，出神入化，长生不老，起死回生，可他们却偏偏不甘寂寞，时不时跑到红尘俗世里来。有的惩恶扬善，有的戏弄凡人，有的谈谈恋爱，有的秀秀法术，有的甚至做点小生意。

> 赤将子舆者，黄帝时人也。不食五谷而啖百草华。至尧时，为木工。能随风雨上下。时于市门中卖缴，故亦谓之缴父。
>
> ——《搜神记·赤将子舆》

更过分的，他们有时候会坐在某座夕阳西下的土城墙上，除了被惊讶的人群围观，什么都不干。比如一位叫冠先的仙人，本来是个钓鱼人，日常钓鱼种树，自给自足，宋景公向他请教道术，他藏着掖着不肯说，于是被宋景公杀掉了。不料，几十年后，他竟又出现在宋国的城门上——只是出现，还贴心地自带了 BGM，除此之外什么都没干：

> 冠先，宋人也。钓鱼为业。居睢水旁百余年。得鱼，或放，或卖，或自食之。常冠带。好种荔，食其葩实焉。宋景公问其道，不告，即杀之。后数十年，踞宋城门上，鼓琴，数十日乃去。宋人家家奉祠之。
>
> ——《搜神记·冠先钓鱼》

从秦始皇到干宝，从段成式到蒲松龄，人们不厌其烦地幻想着神仙的世界，讲述着鬼神的故事。故事的核心不是神仙为什么要到凡间来，也不是他们到底干了什么事，而是这个世界上真的有神仙。

世上只要还有神仙，那么我们的人生就有后路。

地上不行，我上天；天上不行，我入地；天地不行，我隐山岳；山岳不行，我浮沧海。天地山海皆不行，我仍然不慌：咱们待来生。

人们乐此不疲、不厌其烦、絮絮叨叨地讲着神鬼，无他，只是要给自己洗脑：人们很害怕，万一哪天自己不信鬼神了，这危机重重、毫无意义、充满苦难且单调漫长的人生该如何度过呢？

汉末到魏晋是一个朝不保夕的年代，生命如早晨的露水，每个人都觉得命运难测，特别没有安全感。“建安七子”听起来很厉害吧？但其中六个死于非命：五人死于瘟疫，一人被杀了全家。

死了太多人，就会发生瘟疫。瘟疫发生后，就会死更多人。

东晋陶渊明曾亲眼看到一个村子被团灭的惨状。那些老百姓除了想活着，什么欲望都没有，除了种田生娃，什么过分的事情都没干。然后，大兵过境，一村人就几乎死绝了。

也许是被如此惨状所触动，陶渊明写下了这篇《桃花源记》：

晋太元中，武陵人捕鱼为业。缘溪行，忘路之远近。忽逢桃花林，夹岸数百步，中无杂树，芳草鲜美，落英缤纷。渔人甚异之，复前行，欲穷其林。

林尽水源，便得一山，山有小口，仿佛若有光。便舍船从口入，初极狭，才通人。复行数十步，豁然开朗，土地平旷，屋舍俨然，有良田、美池、桑竹之属。阡陌交通，鸡犬相闻。其中往来种作，男女衣着，悉如外人。黄发垂髫，并怡然自乐。

见渔人乃大惊，问所从来，具答之。便要还家，设酒杀鸡作食。村中闻有此人，咸来问讯。自云先世避秦时乱，率妻子邑人，来此绝境，不复出焉，遂与外人间隔。问今是何世，乃不知有汉，无论魏晋。此人一一为具言所闻，皆叹惋。余人各复延至其家，皆出酒食。停数日，辞去。此中人语云："不足为外人道也。"

既出，得其船，便扶向路，处处志之。及郡下，诣太守，说如此。太守即遣人随其往，寻向所志，遂迷，不复得路。

南阳刘子骥，高尚士也，闻之，欣然规往。未果，寻病终，后遂无问津者。

渔人误入的世外桃源，由“避秦时乱”而生。关于驱逐村民的人，在文后的诗里，陶渊明写得很清楚：“嬴氏乱天纪，贤者避其世。”

秦始皇想逃避死亡，却不知道，他的臣民想要逃避的是他。

当年秦始皇销天下之兵，以便让百姓失去反抗他的能力。向前的路堵死了，战斗的路堵死了，怎么办？老百姓开始向后退，退到秦始皇鞭长莫及的隐僻之处——桃花源。

当然，桃花源只是个编出来安慰自己的动人故事。除了生死要欺骗自己，那些放下了长生奢望的普通人，如村民，如陶渊明，仅仅是好好活过此生，也须编无数故事来欺骗自己。

除了神仙鬼怪、世外桃源，那时佛教也开始盛行。比起道教的升天成仙，中国人对佛教更加欲罢不能，因为佛教的故事是：这辈子虽苦，好在来生会有加倍的甜。道教的从业者对此感到很惶恐，于是编故事说，释迦牟尼其实就是老子，佛、道其实一回事。佛教觉得这种谣言十分荒诞，但他们很快被自己说服了：两家的故事，讲的的确都是关于逃跑。否则，老子当年为何要西出函谷？

桃花源中人谆谆嘱托的最后一句“不足为外人道也”特别有意思：秦皇、李白、陶渊明、武陵渔人、桃源村民、你我，到底谁是外人？“跳出三界外，不在五行中”才叫外人吧？

万里长城今犹在，不见当年秦始皇。

不见五陵豪杰墓，无花无酒锄作田。

你说你，想要逃，偏偏注定要落脚。

一个意思。

陶潜潜逃

唐朝的韩愈一定读过《桃花源记》，因为他写有关于这篇文章的评论传世，那就是《桃源图》诗。《桃源图》从诗艺上来说并不算很惊艳，但开头两句却因为过于耿直而让人印象深刻：

神仙有无何渺茫，桃源之说诚荒唐。

中间也有一联，堪称金句：

人间有累不可住，依然离别难为情。

以上四句完全可以概括为两句：满纸荒唐言，一把辛酸泪。

这两句再概括，可以浓缩为一句：人间不值得。

像许多唐朝人一样，李白也读过陶渊明，而且他比韩愈读得早。韩愈一辈子都没见过比自己大六十多岁的李白。等到韩愈出生的时候，李白已经辞世快十年了。

韩愈的“愈”，读起来多像“遇”，可就是遇不上。造化弄人，残暴如斯。

这种与天才擦肩而过的故事，算不算憾事？我觉得起码这件事不算，因为我敢肯定，李白绝对不可能喜欢韩愈。事实上，李白也不需要再遇见韩愈——他已经遇到了只比自己小十来岁的小老弟杜甫。

这位杜甫先生哪都好，就一个问题：偶尔会暴露自己的键盘侠属性，比如他为解闷而作的《遣兴五首》，其中一首就写到了陶渊明，大家看他的评价多么令人讨厌：

陶潜避俗翁，未必能达道。

观其著诗集，颇亦恨枯槁。

第一句翻译过来是：陶潜老师，您的人生选择未必靠谱。

第二句翻译过来是：陶潜老师，您的诗歌创作也很普通。

很多人替杜甫老师辩解说，杜甫其实是自嘲：正因为自己不够洒脱不够旷达，才故意写诗嘲讽史上最旷达的诗人小家子气，因为大家都默认陶渊明境界是最高的，没有之一，所以都应该能看懂杜老师反话里的自嘲，根本没有站着说话不腰疼的意思。

这种解释没有用。

尽管我愿意原谅杜老师一万次，但我必须承认这样一个事实：我看到这诗的第一眼已经被烦到了，神烦的那种。杜老师，下次再皮，记得加狗头。

至于李白自己，他自然也写过陶渊明。

李白至少在两首诗里提到陶渊明，都是酬赠之作，一首叫《戏赠郑溧阳》，另一首叫《寄韦南陵冰余江上乘兴访之遇寻颜尚书笑有此赠》。前一首，李白把对方比作陶潜，玩命夸了一通，然后表达了抽空想跟对方喝酒的心情。后一首，李白表达了相思之情，然后表示，抽空想在陶潜门前跟对方好好唱唱歌。

陶潜在李白两首诗里，都是虚闪而过的背景。我甚至由此怀疑，李白并不真的喜欢陶潜。

我觉得，问题可能出在“陶潜”这个名字上，因为反过来读跟“潜逃”一模一样。此外，陶渊明姓“陶”、写“桃”不说，还叫“五柳先生”，柳者，溜也。更致命的是，这位陶先生不仅仅各种暗示自己想溜，而且真的“潜逃”了一辈子。

而潜逃这件事，正是整个李白家族的常规操作。

李白的父亲是一个剑客，他的名字叫李客。我非常确信，李客名字里的“客”不是剑客的“客”，更有可能是客官的“客”。客官的意思，是游客，是路人，是漂泊在外的人，是来自远方的人，是潜逃的人。

李白生于一个名副其实的“犯罪家族”，关于李白的身世，最广为人知的一个说法正与犯罪有关：

据说李白的祖上因为犯罪，被流放到今中亚一带的碎叶城。而在李白出生后，他的剑客父亲李客行侠仗义，一个不小心，又杀了人。为躲避仇家，李白的父亲白马长剑，辗转万里，最终落脚在四川隐僻之处。

李白本人自然也继承了家族的大侠风范：十五好剑术。更猛的是，据当时好友回忆，李白年轻的时候因为任侠，曾亲自“手刃数人”。手刃，数人，非常暴力。字典里，“任侠”的意思就是信仰暴力。

李白不能不承认自己有一些暴力倾向，因为他的确有一些杀气很重的诗句，比如“托身白刃里，杀人红尘中”，寥寥几个字，杀气扑面。再比如《侠客行》里的句子：“十步杀一人，千里不留行。事了拂衣去，深藏身与名。”怎么看，都像是在讲述自己父亲当年杀人跑路的往事。

在任何有着世俗法律的地方，“犯罪”与“潜逃”都是一对孪生兄弟。

然而，不知何故，李白杀人居然不用像父亲一样跑路。仿佛历史的进程突然出了个小小 bug，家族颠沛流离的命运已经终结，平静的生活已经来临。风沙扑面陡然转为春光明媚，李白战胜了宿命，第一次尝到生命的甜味：像所有年轻人一样，李白根本没时间思考生死成败、悲欢离合。

假如人生分四季，李白的一生，在三十岁之前都是春天。

二十岁之前，李白跟着“侠客”父亲读书学剑，疯狂迷恋着司马相如。“五岁诵六甲，十岁观百家”“十五观奇书，作赋凌相如”。殷实的家境，平静的院落，早慧的儿童只想好好度过眼前这一生。

二十岁之后，像所有年轻人一样，李白不想停在原地，于是开启旅游模式：从附近的成都、峨眉山开始，一发不可收拾，出三峡、登庐山、游洞庭、下金陵、往扬州。峨眉山月，荆门浮舟，庐山瀑布，金陵酒肆，触目皆是新鲜。

道士、大侠、贩夫走卒、风尘歌女乃至公务人员，见面就是通宵大醉，相见恨晚。离别并不真的让李白忧愁，人生的种种奇遇，前面的路上还多着呢。这有趣的人间，每个年轻人都会迷恋。

从四川的隐居之地，冲入大唐的人间烟火，并不能使李白满足，他想走得更远。

《大猎赋》，据专家考证，写于李白二十岁上下的年纪，里面有这样的句子：

> 于是擢倚天之剑，弯落月之弓。
>
> 昆仑叱兮可倒，宇宙噫兮增雄。
>
> 河汉为之却流，川岳为之生风。

倚天剑，落月弓；昆仑倒，宇宙雄。

这是盛世的气象，少年人的气魄：关于未来一无所知，把能吹的牛先吹出来。酒酣耳热，拔剑四顾，少年们最爱说的话，普遍都是这种感觉：教练，我要学万人敌。吹牛谁不会，难的是坚持——

几年之后，一场恋爱让李白把吹过的牛都忘了。

一片孤城

王之涣是与李白同时的诗人，他只比李白大十三岁。王之涣的作品大部分都湮没于历史的黑洞，传世的只剩下六首诗，其中《登鹳雀楼》被誉为“五绝之首”，《凉州词》更进一步，被推为“绝句之最”。

六首诗，竟有两首达到独步天下的程度。盛唐诗力，恐怖如斯。

可惜的是，《凉州词》这首诗大部分读者没有读懂。

全诗四句：

黄河远上白云间，一片孤城万仞山。

羌笛何须怨杨柳，春风不度玉门关。

第二句“一片孤城万仞山”，尤其受到历代读者的喜爱，最受推崇的地方在于“一片孤城”与“万仞山”的对比：一座孤零零的城池，在万仞山川的对比映照之下，连量词都变了，那城已经担当不起“一座”的字眼，只能用毫无存在感的“一片”。

很遗憾，这种理解恐怕不太对。

“一片孤城”不等于“一座孤城”。事实上，诗人根本没有用任何特殊的修辞手法，也根本不屑埋许多深意，他只是白描眼前的景象：“一片孤城”，就是一片孤城。一片孤城，就是若干座孤城。一片孤城，意味着不止一座孤城。

我知道，这看起来很矛盾：既言“一片”，何来“孤城”？

对于没去过边塞或西域的人，这个问题的确费解。好在，唐朝有一位“一路向西”的旅行家，那就是玄奘法师。《凉州词》是曲调，谁都可以拿这个曲调写诗，所写的内容却未必跟凉州这座城市有关系。事实上，王之涣的《凉州词》所写的正是西部风光，而关于西部，没有人比玄奘法师了解得更多。

贞观元年，玄奘法师从长安出发，两年后抵达素叶。在遥远的中亚，玄奘法师如实记录了亲眼所见的景象：

> 素叶已西数十孤城。
>
> ——《大唐西域记》

数十座，每一座都是孤城，这才是“一片孤城”的真实含义：一大片全是孤城。既言“数十”，又言“孤城”，看起来颇有点奇怪，然而这就是西部世界啊。

素叶，也是一座孤城。

根据玄奘法师的记载，素叶城并不大，“城周六七里，诸国商胡杂居也”，林木稀疏，气候风寒。就是在这样一座孤城里，玄奘法师品尝了美味的葡萄，并怀着大国游客的心情观看了异域的歌舞，虽然不觉得惊艳，但至少并不反感：“虽藩俗之曲，亦甚娱耳目，乐心意也。”

对于玄奘法师来说，素叶城只是他问道旅途中的暂经之地。无论在可汗丰盛华丽的宴席上，还是在异国情调的闹市中，玄奘法师都绝对不可能想到，一百年之后，这里会诞生一位叫李白的人。

素叶，译自突厥语“Sūyāb”，也被译作碎叶，位于伊塞克湖西北五百余里，坐落于雪山脚下，那是玄奘打马而过的地方，也是李白的出生之地。

根据学者的考证，李白在这里度过了他生命中的前五年。

李白笔下似乎从来没写过碎叶，在碎叶城的最后两年，李白人生正处于启蒙阶段，所谓“五岁诵六甲”是也。古人八岁入学，开始学习最基础的六甲、五方之事，如今日儿童之学习算术、自然，李白五岁开蒙，已属早慧，至于是否能诗，自无须额外苛求。

然而，“碎叶”这两个字却留在了其他唐人的边塞诗里。

塞上曲

戎昱

胡风略地烧连山，碎叶孤城未下关。

山头烽子声声叫，知是将军夜猎还。

跟玄奘法师一样，“碎叶”之下接“孤城”，碎叶是一座孤城，从碎叶往西，还有几十座孤城。西部之地平旷而城小，一望连城，始有“一片孤城万仞山”之奇景。王之涣的黄河远眺，与玄奘法师的碎叶登高，所睹之天地大轮廓，虽有万里、百年之隔，想来也不会有太大差别。

人们提到碎叶，不是忧伤哀怨，便是打打杀杀。

胡笳十八拍 其七

刘商

男儿妇人带弓箭，塞马蕃羊卧霜霰。

寸步东西岂自由，偷生乞死非情愿。

龟兹觱篥愁中听，碎叶琵琶夜深怨。

竟夕无云月上天，故乡应得重相见。

征西将

张籍

黄沙北风起，半夜又翻营。
战马雪中宿，探人冰上行。
深山旗未展，阴碛鼓无声。
几道征西将，同收碎叶城。

边塞诗人王昌龄笔下亦提及碎叶，乃年轻血气方刚时随军所作：

从军行七首 其六

王昌龄

胡瓶落膊紫薄汗，碎叶城西秋月团。
明敕星驰封宝剑，辞君一夜取楼兰。

仅“碎叶城西秋月团”一语，远征之峥嵘悱恻早已道尽。王昌龄是李白同时人，年龄也相近，但两人的相遇很晚，至少也应在四十多岁以后。王昌龄和包括王维、孟浩然在内的当时每个杰出的诗人几乎都有深厚的交情，李白是个狂傲的人，遇到情商更高的王昌龄，等于间接把自己和时代诗坛连起来了。

王维和李白一佛一道，好像并不亲近，但他们都热爱王昌龄，这样，两人也算间接对饮了吧！

此外，这个叫王昌龄的男人还是诗坛一等一的高手。别人给王昌龄的外号，现在看到仍然让人心惊肉跳：曰“七绝圣手”，曰“诗家天子”。“天子”与“谪仙”的相遇，金风玉露一相逢，不可不谓美滋滋。

王昌龄有诗赠李白，落笔颇清新：

巴陵送李十二

王昌龄

摇曳巴陵洲渚分，清江传语便风闻。

山长不见秋城色，日暮蒹葭空水云。

李白亦有诗寄王昌龄，字句有相思：

闻王昌龄左迁龙标遥有此寄

李白

杨花落尽子规啼，闻道龙标过五溪。

我寄愁心与明月，随风直到夜郎西。

王昌龄亲切地称呼李白为“李十二”，李白为何直呼王昌龄呢？大概当时他和王昌龄并不是特别熟，很可能压根就不知道王昌龄在家里的排行。

跟王昌龄更熟一些的孟浩然则亲热多了，他与王昌龄的酬唱之作一般都是这种画风，《送王大昌龄赴江宁》或者《送王大校书》，王维更亲昵，直接称王昌龄为“江宁大兄”。

我很好奇，二人初相逢之时，举杯邀月之际，是否会聊起碎叶城的秋月？关于碎叶的一切，李白恐怕早遗忘殆尽，即便记得，也有充足的理由不愿多言。王昌龄呢？酒酣耳热的当口，面对频频举杯的李白，一定能讲出很多精彩新奇的故事，但恐怕不会精确到青年时代路过的某一座具体的孤城。

从今天往回看，即便读书不多者如我，偶然也会凑巧开启上帝视角：这两个唐朝的失意者，萍水相逢，一见如故，却偏偏对前尘往事懵然无知。你不知我来自何方，我亦不知你曾经何处，杯酒孤舟，狭路相逢，满怀悲欣，却不知因由。

谈起未来，更是茫然无措。王昌龄绝对想不到自己有一天会参与孟浩然的死，李白也绝对想不到有一天高适会灭掉自己未来的老板。举杯望月，谁也不知道多年之后会有一场浩劫，那场浩劫里，有人坐牢，有人升迁，有人死于非命。我们站在上帝的视角能看见过去人们的命运，可历史洪流中的当事人面对未来，却注定茫然无措。

幸而，有生之年，他们得以遇见彼此。要知道，在那个山高水长、音讯难传的年头，好多所谓的挚友，穷尽一生，能够当面把酒言欢的机会，有时也只不过一两次而已。遇见本身，已是天意慷慨，不幸中之万幸。

童年的记忆向来模糊，皑皑的雪山和满城的胡人，显然并没有在李白的头脑中留下印象，以致当他后来提笔描述胡人的相貌时，竟使用了充满惊奇感的“诡谲”二字：“不睹诡谲貌，岂知造化神？”

在离开碎叶城二十年后，在忘记了关于胡人的一切后，成年的李白仍然健忘。

二十七岁的李白，依旧保持着对世界的极大热情：因为读了太多次司马相如关于云梦泽的吹嘘，李白决定实地一探。冤家路窄，狭路相逢，不羁的李白遭遇了爱情。那年的李白，一介布衣，除了不羁的才华和猛烈的英俊一无所有。

湖北安陆，山水秀丽的小地方，看不到一丝危险的气息。不料，仅仅是去人家里蹭了几顿饭，十八岁的许姑娘竟就此芳心暗许。面对突然的少女倾慕，李白肯定会想到八百多年前，自己的偶像司马相如老师，因为司马老师当年也是这么搞到对象的。

因司马相如而来，受司马相如鼓励而闪婚——如果这段婚姻不幸福，司马相如要负很大的责任。

让人忍不住吐槽的是，李白心目中最光辉的偶像，无论安期生还是司马相如，偏偏都是骗子。

李白并不知道，司马相如其实是个不怎么样的人，从文章到人品都比李白本人差太多了，根本不配当他李太白的偶像。司马相如勾搭卓文君的炒作，与安期生、徐福忽悠秦始皇的手段毫无二致，只是性质更加恶劣：安期生只骗钱，司马相如钱和人都骗。

天不生司马相如，最大的害处，不过书页里少一些可以供批评家品玩的无聊文字，“泡学”专著少了一个龌龊案例，为情所困的权贵少了个御用水军。天不生李太白可不行：假若没有李白，月亮和酒杯，不过一大一小的两坨石头，似乎都没什么太大意思。

总之，当是时也，怀着对古人的仰慕，李白结婚了。起初，李白是一座孤城，后来他遇到了一座孤城，然后，两座孤城变成了“一片孤城”，至少也是“一小片孤城”或者“一对孤城”。相信我，李白一定读过“一片孤城万仞山”，不信你看他很多年后的《早发白帝城》就知道了：王之涣的“白云间”被换成了“彩云间”，王之涣的“万仞山”被换成了“万重山”。

我不相信李白有必要抄袭王之涣，两首诗的雷同或许只说明了一个问题：李白对王之涣的《凉州词》实在是太过熟悉了，那首诗甚至长到了李白的潜意识里，以致李白完全没有意识到自己的《早发白帝城》早在不自觉间致敬了前辈。

童话故事里，流浪的王子碰到公主之后，两个人就会过起没羞没臊的生活。

李白与许姑娘也没有跳脱出这个俗套，并且将雄心壮志忘了个一干二净。

我们不应因此责怪李白。世上本来就有很多俗套，如吃饭穿衣、呼吸睡觉之类，谁都无法跳脱。更有一些俗套，根本没跳脱的必要：谁见谁爱的姑娘，谁喝谁醉的好酒，谁吃谁叫好的佳肴，人间本就不多的美妙，干吗要跳脱？

李白对自己的新婚生活十分满意，那状态被他概括为两句话："朝共琅玕之绮食，夜同鸳鸯之锦衾。"两句诗非常直白：白天吃吃吃，夜里羞羞羞。当然，李白也不总是这么直白，他婚后还写过一首看起来非常高深莫测的诗：

山中问答

李白

问余何意栖碧山，笑而不答心自闲。

桃花流水窅然去，别有天地非人间。

别人问为何隐居碧山，李白只是笑，不回答。桃花流水，何处不曾见？朗月清风，何须一文钱？为何偏偏此地"别有天地"？原来高深莫测的背后，还是那些没羞没臊的小确幸。

陷入爱情的人，就是这么讨厌。

长安折叠

如果能一辈子做一条惹人讨厌的“恩爱狗”，其实也不亏。君不见，童话里的王子公主全是这么干的。和童话不同的是，真实的成年人世界，人生不会因为结婚而自然完满。

童话里的人单纯又幼稚，现实中的人往往心不甘。

从西域雪山到蜀中明秀，再到安陆桃花山，尽管李白会经常忘记自己为何出发，但他总是很快又能回想起来。李白在人生第一次旅行刚开始时，面对世间的明媚山水，曾写下这样的诗句：“莫怪无心恋清境，已将书剑许明时。”

诗句的意思很简单：人间美景不能太过流连，因为时代在召唤。宇宙开辟，生人无穷，又有几人能赶上一个真正的盛世？

李白的确并没有过于贪恋红尘，天地宽广，人生浩荡，他在最开始也只 gap 了差不多十年而已。即便是新婚宴尔、郎情妾意的美好时光，他也仅仅过了三年蜜月而已。

从我的私心来讲，我会希望李白能够隐居一辈子，过一生没羞没臊的小日子，世上可能留不下“李翰林”这个名号，但“小陶潜”这个名号肯定跑不了。

遗憾的是，李白与你我一样，都不想被困于原地。那些年少酒酣耳热时吹过的大牛，他最终还是想起来了，然后生活就乱了套：突然坐立不安，满山的桃花面目可厌。当别人问他为何隐居的时候，他再也无法潇洒地笑而不答。相反，他感到深深的焦虑和羞愧。

开元十八年，春尽之时，李白由东南向西北，穿越河南辽阔平整的乡野，第一次到达长安。

那年李白三十整。

李白完全没有意识到，自己人生的春天即将就此结束。文能惊天地，剑能泣鬼神，更何况李白还专门找高人学习过“王霸之术”，他做好了完成梦想的一切准备。

岂料一腔豪情，散入长安的繁华之中，竟然一点明显的踪迹都看不到。

李白进京的目的很直接，他想像历史上的牛人们一样，直接得到皇帝本人的接见。

一介布衣，如何能见到皇帝？只能通过中介。

李白夫人许氏的爷爷，曾做到过大唐的宰相。因为这层关系，李白能够见到一些高层人士。但高层人士显然并没有介绍一介布衣与当朝皇帝结交的动力。原因非常朴实：如果介绍一个俗人给皇帝，皇帝肯定会发脾气；如果介绍一个天才给皇帝，皇帝肯定会拿他和我对比，显得我很蠢。

如果既不是天才也不是俗人，你干吗不考科举去？

李白当然是天才，至少李白本人是这么认为的。

不要觉得李白狂傲，哪个聪明的年轻人不觉得自己超级厉害、超级特别呢？只是，当你坐在一共只有三十名学生的中学二年级课堂上，看着全班没心没肺嬉笑着的同学，深深感慨自己曲高和寡、与众不同时，当时的你一定未曾意识到：其他二十九名同学可能偶尔也会从心底涌起跟你一样的感受。

唐朝的年轻人李白也一样。

既然自己如此特别，又怎能自甘平凡呢？举目四望，全是庸庸碌碌、毫无天资的凡夫俗子：稍微没那么笨的，钻进四书五经里咬文嚼字；笨得无可救药的，则积极研究各种作弊攻略，肚皮裤衩上，凡能够想到的隐蔽之处，都是打小抄的目标区域。

蝇营狗苟，机关算尽，不过想求个微小功名，如此岂是读书人的体面？李白觉得 low，杜甫也觉得 low，唐朝聪明的年轻人都觉得 low。

low，就是不酷，李白要做一个很酷的人。

以李白为代表的年轻人的“酷炫”执念其实很危险，起码，从世俗的眼光看，凡事追求酷炫，并不一定明智。聪明人其实可以活得比所有的普通人都好，如果他们没有偶像包袱的话；聪明人其实可以活得比所有普通人都快乐，如果他们不拧巴的话。

很多年之后苏东坡说，希望自己的孩子不要太聪明，这样他们就可以像普通人那样升职加薪，毫不纠结地过完平凡的一生。这似乎是说，聪明是有害的，而普通可以带来幸福。这是有故事的过来人的说法，年轻时的李白们应该不会懂。

总之，尽管已经三十岁了，但那时的李白仍然活得像一匹打了纯天然兴奋剂的马驹，高来高去，衣袂翻飞，度数不高的酒一杯接一杯地灌进喉咙，谁磨蹭他跟谁急。

有故事的人没勇气。

年轻人之所以勇，是因为还没故事。

除了这个原因，李白不参加科举的理由据说还有一个——户口有问题。

李白的父亲杀人跑路，寄居四川，对外自称是生意人，而生意人好像是不能参加科举的。总之，在中介的事情并不顺利之后，李白并没有选择科举，他不得已采取下策：去终南山隐居，打造人设，希望能火。

这种操作其实并不算高端，远远称不上“酷炫”，甚至，还透着浓浓的“猥琐”感。

用今天的话说，这种方式就是赤裸裸的“炒作”，与安期生、司马相如之流毫无二致。然而，李白又能怎样呢？对一个敏感、早慧、骄傲的年轻人来说，这至少比跟一群普通人进考场要好一些吧？独自猥琐，总好过当众难堪。

令人失望的是，终南山的生活，除了无尽的寂寞，什么都没有。

在进入终南山之前，就有人给李白出过主意，说你可以尝试托托玉真公主的关系，她是当今圣上的亲妹妹，或者可以让你平步青云，得偿平生所愿。此时，比李白大九岁的玉真公主正在终南山修行，试一试又有何妨？

根据李白的诗歌所述，他似乎并没有得到玉真公主的欢心。

玉真仙人词

李白

玉真之仙人，时往太华峰。

清晨鸣天鼓，飙欻腾双龙。

弄电不辍手，行云本无踪。

几时入少室，王母应相逢。

李白的这首《玉真仙人词》把公主夸得宛如具有超能力的女神，但从最后四句来看，他很可能连女神的面都没有见上。

这种局面让李白百思不得其解，也让我感到极大的意外和震惊，因为无论从哪个方面看，这两位都应该一见如故、相谈甚欢才对。

玉真公主是女道士，李白是道家的疯狂粉丝，两位道友还会缺少话题吗？此外，根据李白的口述，李白的“李”与皇室的“李”本是一个“李”，还有什么比亲戚之间的对谈更自然的事情吗？童年时代从西域出发，跨越大半个帝国，准备了无数个故事，终于来到你面前，难道公主就不能奉一杯薄酒吗？

然而，一旦我暂且收回对李白的个人偏爱，开始分析此时的形势，心中的疑惑便豁然开朗。我向来不会否认，李白身上拥有着他人永远无法企及的人格魅力。然而，此时的李白，尽管已是三十岁的成年人，但他对唐朝社会系统运作的认识，真的未必比今天的我们从史料里看到的更多。

毫不客气地说，李白对自己渴望投身的皇家官僚世界一无所知。

那座城里，富贵的人们秉烛夜饮，猩红的灯光下，蒙眬的醉眼扫射着面前的舞女，如果他跟主人有足够的交情，想当场把那个未成年的少女带回家一点问题都没有。

尽管如此，当时的社会繁华程度也无法彻底满足富裕市民打发无聊时光的需求，在没有网络和手机的情况下，他们到处打听稀奇之事，以拯救平淡生活的乏味。

一头连体的猪仔可以让人们谈论好几年，而来自波斯和朝鲜半岛的美女则被当成爆款货物热烈交易。聪明的外国商人和旅行者有时为了投长安人所好，甚至会花费巨大代价，带来故乡的特产，有时是稀罕的动物，有时是土著居民，有时甚至只是一个得了白化病的可怜病人。

大量狂欢的人口，产生了无数的垃圾和粪便，专业的掏粪人便以此为业，那些排泄物，无论来自人类还是动物，都是极受欢迎的肥料。在农业社会里，肥料就是财富。即便是皇家，有时也难免对这些散发着臭味的金子眼馋，但碍于颜面，皇家的卖粪产业大多浅尝辄止，不敢做大做强。

肮脏的散发着食物气味的城市，让野生动物难抵诱惑。鹿或者老虎出现在闹市之中的记载，在唐朝并不罕见。

喧闹的都市中，三教九流鱼龙混杂，打架斗殴、强奸和命案层出不穷。

信仰佛教的善男信女到寺庙里买鱼放生，他们刚一转身，机智的人便把鱼捞起，卖给下一位善人。

信仰道教和神仙的人们，则疯狂地迷恋着药铺，他们相信，能让人长生不老的东西就在街头那家小小的药铺之中，他们唯一需要寻找的，只是配方而已。

城中的妓院里，女孩十岁出头，便要接客，光顾她们的人，有时是名动天下的大诗人，只是那些著名诗人的年龄从二十几到五六十的都有。当时的流行文化是诗歌和音乐，所以有文学或艺术造诣的妓女尤其受欢迎，那些号称卖艺不卖身的才女，都是妓院精心打造的人设。

没有暖气的冬天，杨国忠会选一些肥胖的婢妾，借人气取暖，称为“肉阵”，如果他想，他甚至可以强奸或杀掉其中的任何一个，因为按照当时的法律规定，这种事情至多只需一年徒刑，其中运作的空间还非常大。法律规定：良人奸他人部曲等妇女，杖一百；良人奸己家部曲妻等不坐；底层的奴，若奸主人则将被处以绞刑。

比奴更低一层的是婢——奴奸婢，仅杖九十。而婢若与奴通奸，则极有可能被主人处死。

显然，唐朝法律对强奸、通奸的重视，与保护女性的性自主权利无关：繁复的法条所保护的，是男主人对妻子、婢妾甚至部曲之妻的性独占权。

有多少人想进入长安，就有多少人想逃离长安。

其中，忍受着痛苦生活的奴婢是最常见的逃亡者。在执法者眼中，作为私有财产的奴婢的逃跑，与无法忍受牢笼之苦的牲畜的逃跑毫无二致。针对逃亡的规定颇富心机：“官户官奴婢逃亡者，一日杖六十，三日加一等。”这无异是在告诉那些已经成功的逃亡者：早一些迷途知返，你罪恶的人生或许还有转机。

有些天真的逃亡者真的会返回，等待她/他的不是宽恕，而是扒皮抽筋。此时，他们唯一能够期待的是，希望主人是个理智的人，因为理智的主人有时会看在钱的面子上饶恕他们的性命：健康的奴婢可以卖个好价钱，受伤残废的价格贬损，死去的奴婢则一文不值。

大唐的法律明文规定奴婢与禽兽地位无异，其检验“亦同验畜产之法”。敦煌出土的一件奴婢买卖文书显示，一位名叫多宝的年仅十三岁的少年已经被交易了两次，第二次的卖价是绢二十一匹。最残酷的是，官方出具的奴婢买卖文书内，特别注明了多宝作为奴婢的合法商品属性“奴是贱不虚”。这一个“贱”字注明了多宝的身份，也定格了他的命运：贱是社会的最底层，良贱有别，要想从良，做一个自由的平头百姓，需要被官方“放良”或者“免贱”，免贱的资格令人绝望：“年六十以上及废疾者。”

长安的一切都可以交易，除了粪便、奴仆和性服务外，还有官位、刑罚和出家人的执照。

那时的长安，是一个全球范围内都不落下风的繁华富庶的都市，几乎可以与今天的大城市相媲美。那时候，长安人已经可以方便地预订酒席、点外卖、聚会狂欢，只要肯出钱，就有专人提供服务，哪怕是山珍海味，也有专人异地采购。家里弄脏了怎么办？走上街头，你可以雇到保洁。

在正常的游戏规则之外，社会的边缘人，狂饮的酒徒、斗鸡的赌徒，像城市角落的喧嚷的细菌，在盛唐的天空下，也从未停止过呼吸，为城市带来巨大的不稳定因素——李白曾经是他们中的一员，差点因为街头的乱斗而失去性命。

长安城，并不是平的。

午夜纽约

唐朝是一个特别让人震撼的朝代，唐朝的公主是一个特别让人震撼的群体。

我甚至怀疑，那时的公主们即便穿越到现在，出现在中外名流云集的高端晚宴上，应该都不会露怯。实际上，我觉得只要给她们指派一位翻译，即便让她们跟国际意见领袖对谈女权话题，也照样能掌控全场。

我之所以敢如此推断，是因为唐朝的公主们真的很强大。这么说吧，比起传统中国的种种贤良淑女，唐朝的公主们更像现代人：她们个性张扬、思维清晰，敢于无拘无束地表达自己的生活乃至政治见解，真诚对待自己的欲望，根本不在乎世间的肮脏俗套。

公元 706 年，早在李白来长安二十多年前，中宗最宠爱的女儿安乐公主便提出过令人肃然起敬的要求：她想取代皇子，成为皇太女。

除了政治，公主们也毫不遮掩自己对现实金钱与财富的热爱，私自卖官鬻爵这种有组织犯罪，她们都愿意铤而走险，并且毫无愧疚：皇帝和他清一色由男性组成的官吏们早已将官位明码标价，公开出售。

一个官位三百贯，一个僧侣度牒也可以卖到三十贯，算下来，仅仅卖一千个官位，所获的利润就可以达到三十万贯。在如此巨大的财富面前，“家财万贯”这个成语都变得黯然失色，显得小气寒酸了。这么好的生意，凭什么女性不可以分一杯羹？

渴望财富的公主们不仅拥有雄心壮志，更具备勤奋的美德。

为了获取财富，公主们甚至投资运营属于个人的水碓磨坊，借助水力碾磨粮食，以供脂粉零花之用，名曰“脂粉硙”。大量兴起的水磨坊生意最大的副作用，就是影响农民灌溉，但公主们似乎并不以为意。

对财富的渴望胜过了一切。

据说，为了获取更大的财富，公主们甚至还派奴仆前往民间绑架儿童。绑架民间儿童，到底能带来多少盈利，没人能说清楚。但如果我们强行假设这些被绑架的儿童的销路，全部都是卖给富人当奴婢的话，那么我们便会对这种冒险的回报有个更直观的认识：根据可靠史料记载，在唐朝，一个奴婢的价格，相当于十头牛。

至于李白可望而不可即的玉真公主，她自然也不是一个简单人物。

至少，玉真公主绝不是李白诗里所描述的不食人间烟火的仙人。

玉真公主之所以成为“女道士”的原因，与李白完全不同：玉真公主对服食成仙、修行坐化并没有真正的兴趣，她只想平安痛快地度过此生。

玉真公主是宫斗的牺牲者，母亲在她还年幼时便丧身血腥的宫斗。玉真公主绝对有理由相信，留在皇宫，死亡是她无法逃避的命运。而出宫修道，以出家人自居，或许可以降低自己在宫斗中的存在感：华妃有取死之道，甄嬛有保命之方。

除此之外，假如人生是一场游戏的话，那么“女道士”的设定属性未必不如“公主”，女道士这个职业选择最让人心动的地方在于，它比当公主可自由多了。有得必有失，有人得不偿失，自然也有人血赚。

要知道，按照皇室的规矩，公主必须嫁人，强行不嫁势必会引发无数麻烦，而女道士的任务面板里，压根就没有嫁人这个选项。在摆脱了嫁人这个充满了“政治任务”色彩的宿命后，平静恬淡的生活，自由选择的爱情，才有容身之地。

坦率地说，唐朝的女道士私生活比男道士混乱多了，尤其是那些看起来根本没必要成为道士的女道士：其中有些女道士甚至是职业妓女。我相信，以玉真公主之金枝玉叶，完全没有必要以色事人，即便她想，恐怕天下也找不到几个敢于翻皇帝妹妹牌子的客人。

李白在玉真公主那里之所以遭受冷遇，只是因为他既不了解公主，也不了解玉真，更不了解女道士这个职业。李白以为，自己将要求见的是一位品位不俗的公主，但事实上，山中修行的那位公主，首先是一个热爱生活、渴望自由并且想远离皇室的女人。更为关键的是，这个女人已经三十九岁，在唐朝，这个年龄的女人，绝对不会放弃的机会可能是爱情，可能是养生拔罐，可能是疯狂购物，至少肯定不是政治运作。

玉真公主对李白不够热情的原因，可能特别简单：据说，她正忙着跟王维约会。

王维信佛，他的作品里充满了通透的禅意，他的一生比李白活得更加通透，也更加快乐。李白的偶像安期生是个装神弄鬼的骗子，王维信仰的佛教却是出了名的实话实说。安期生告诉李白，找到仙山，人生就可以解脱。佛祖只是告诉王维，人生苦短，不要烦恼。

王维的世界一片恬淡，李白的心中充满了愤怒。

在最想证明自己的时候，在第一次真正想要开辟功业的时候，李白才发现，这世界的运作跟想的完全不一样。开元十八年，三十岁的李白站在面积相当于一个半曼哈顿岛的大唐长安城里，第一次感到人生狼狈。

面对轻视自己的人，李白留下“丹徒布衣者，慷慨未可量”的愤慨之语，只有他自己知道，自己的心态已濒于崩溃，“大道如青天，我独不得出”“长相思，摧心肝”。

对你我来说，人生的挫败触目皆是，对于李白的崩溃可能会觉得夸张，之所以有这种感觉，是因为你没有李白那么自负，也可能是因为你没当时的李白那么有才。

李白完全可以当一个快乐的普通人，本来就有点小钱，本来就受人欢迎，本来就不喜欢约束，山水佳处搭一个院子，何其快活。玉真公主可以当一个快乐的女道士，李白为什么不可以当一个快乐的男道士?

李白新婚之后，的确过了一段这样的神仙日子，他本人也表示非常满意。问题是，和所有人一样，李白觉得，年轻时就隐居太早了。

“使寰区大定，海县清一，事君之道成，荣亲之义毕，然后与陶朱留侯，浮五湖，戏沧州，不足为难矣。”意思是，他只能接受一种平凡，那就是绚烂至极后的归于平淡。

既然来到曼哈顿，就得学会做一个真正的城里人。

唐朝的公主们和王维们，都是城里人，他们不仅了解自己生活的社会和时代，更知道自己想要什么。公主们无时无刻不想开奢华的party，同时，在觥筹交错间警惕地寻找着潜在的敌人。

和李白同龄，时年都是三十岁的王维习惯坐地铁上下班，包里装着kindle，里面除了《禅与摩托车修理》，还有一本《怎样鉴别黄色歌曲》。

李白呢？他包里装着“大麻”，目光穿过迷离的都市灯火，看谁都像傻子。

那年，十九岁的杜甫像从前的李白那样，正在“追问人生”的旅途上。杜甫比李白早熟，他十四岁就开始了旅程，此刻他正在山西，与李白直线距离大约五百里。

杜甫在旅途上很可能已经听过李白的传说，但李白对杜甫一无所知。

如果你觉得李白有点狂，我告诉你，杜甫其实更嚣张。自幼体弱多病的杜甫，在奇迹般痊愈的那刻起，便决定不再浪费生命。像猴子一样灵活强壮的四肢，可以让他一日上树能千回，也能让他强悍穷游几万里。

很多年之后，长安陷落，杜甫像一位真正的大侠那样翻越城墙，长途奔袭，入中军帐如履平地，最终找到了大唐的国家军队。

会当凌绝顶，一览众山小。这句诗在杜甫还是小孩的时候，在树梢站立的恍惚之间，已酝酿在他的脑子里，等爬到泰山顶上，他忍不住说了出来。在唐朝人心中，泰山是天下最高的山。

总之，此时两人只隔着五百里，却形同陌路。这五百里的距离，两个人走了很久，直到十四年后，两个不羁的人才终于相遇。我们得承认，这世上并没有什么缘分，所有遇见都是单纯的运气罢了。

被长安城狠虐的，不止李白一个。早在几年前，孟浩然就已为谋求功名而来到长安，他积累了半生，做足了充分的准备，选择了最稳妥的道路，孤注一掷，却遗憾落第，笔下的诗句不是“白发催年老”，就是“知音世所稀”，满满的都是不平之气。

当李白在长安捶胸顿足的时候，四十二岁的孟浩然正在南方漫长的旅途中。沉醉于山水之中的孟浩然并不知道，他的寿命还只剩下最后十年，一场荒诞又忧伤的死亡正在前方等他。

开元十八年，秋已深了。李白仍不愿意回到妻儿身边。他短暂地离开了长安，一路向西，希望能够得到基层的引荐，可惜仍无结果。

次年的春天，他再次回到长安，在颓废之中写下了《蜀道难》，一边感慨着“难于上青天”的人生，一边乘小舟在黄河漂流，离开了那座相当于一个半曼哈顿岛的宏伟的盛世都城。

“人生达命岂暇愁？且饮美酒登高楼。”

“咸阳市中叹黄犬，何如月下倾金罍。”

“古来圣贤皆死尽，唯有饮者留其名。”

“天生吾徒有俊才，千金散尽还复来。”

李白三十岁之后，诗句越是潇洒，越是无所谓，读起来越让人伤感。李白这些金句骗过了后世的无数普通读者，也骗过了年轻时的我。我很希望，哪怕有那么短暂的一瞬之间，他也能骗过自己。

山和大海

第一次入京遇冷后，从长安城离开的李白，酒喝得越来越多，心中一片纷乱。在嵩山见到昔日挚友元丹丘，已然奔四的李白感到由衷羡慕。

李白与元丹丘深厚的羁绊，今天看来，仍然让人觉得不可思议。“气激道合，结神仙交，殊身同心，誓老云海，不可夺也”这种感情浓烈的句子像极了情话，但并不觉得肉麻，世间所有的情话在二位挚友的羁绊面前，都显得滑腻庸俗、黯然失色。两个人一起炼丹，一起遨游，一起吃喝，一起睡觉，或者一起不睡觉：“留欢达永夜，清晓方言还。”

说起来，元丹丘这个人，一生干过的最著名的事，还当数被李白劝过酒，那首《将进酒》实在太过出名：“岑夫子，丹丘生，将进酒，杯莫停！”这点跟汪伦很像，后者一生最高光的经历，是为李白送过行，《赠汪伦》：“桃花潭水深千尺，不及汪伦送我情。”

作为隐居的道士（道隐者），在元丹丘眼中，李白的烦恼让人十分费解：世间纷纭都是身外之物，而他的征途是学道修仙、心游无极。没有期待，没有杂念，心海无风无浪，如雪夜月下之冰湖，一片皎然通透。

元丹丘的境界也许没有王维高，但相比李白，还是明白多了。

看到元丹丘这样的人，李白不可能不扪心自问：我李十二又何尝不想成为一个伟大的看破红尘的世外高人？二人枕股而眠的时光，河南广袤的夜色里，把自己灌醉后仍无法入眠的李白，一定见识过得道高人元丹丘沉静均匀的呼吸声。

那恍惚如梦的片刻，李白大概也会想成为像元丹丘那样的人吧？

我敢打赌，有个念头一定曾经不止一次占据过李白的脑海：从明天起，把所有的焦虑和不甘全扔到炼丹炉焚灭，然后沐浴更衣，喂马砍柴，周游世界，我李先生一定可以成为大唐盛世里最幸福的人，嗯！

李白在给元丹丘的诗里明明白白地表达过艳羡，“我知尔游心无穷”，你不羁的痛快我岂会感受不到？但羡慕归羡慕，李白终归是能够写出“长风破浪会有时”的人，李白终归是想要“直挂云帆济沧海”的人——他偏要勉强，他就是倔强。

“生不用封万户侯，但愿一识韩荆州”，为了渺茫难测的进身的机遇，骄傲如李白竟然在给官僚的信里引用过这句话，并极力称颂对方“笔参造化，学究天人”，但并没有人因此可以问心无愧地责怪他。

一生潇洒不羁，从来骄傲轻狂，张口怼天怼地，那是鸡汤作者们脑补出的李白。真正的李白是血肉之躯，是迷途羔羊，只是繁华盛世里千千万万个拼尽全力想要证明自己的人中稍微英俊些的一个罢了。

有句粗俗的话叫“再好的汉子也顶不住三泡稀”。不是汉子不够阳刚，也不是拉稀这事儿多严重，可怕的是“三泡”。在连续的失败面前，强悍如李十二，心中的火焰也逐渐黯淡了。

> 误学书剑，薄游人间，紫微九重，碧山万里，有才无命，甘于后时。刘表不用于祢衡，暂来江夏。贺循喜逢于张翰，且乐船中。
>
> ——《暮春于江夏送张祖监丞之东都序》

一大堆典故不需要管它，“暂来”“且乐”都是骗人，你只要认识“有才无命”四字就好。什么叫“有才无命”？只要不瞎的人都能看出来，晴雯显然是《红楼梦》里最会谈恋爱的人，令狐冲显然是《笑傲江湖》里最应该娶小师妹的人，灰太狼显然是《喜羊羊与灰太狼》里最应该吃到羊肉的人。

至于李白，我不知道他除了能写出动人的诗歌之外，究竟能不能平定边疆，能不能整顿乾坤，能不能十步杀一人，能不能诗剑济苍生，但无论怎样，在那样一个偏远少数民族和老外都能建功立业的宏伟盛唐，李白这样的人至少应该得到一个尝试的机会吧？

传说，从前有个婆婆曾经告诉少年李白：只要功夫深，铁杵磨成针。三四十年青春消磨殆尽，衣裳单，岁月深，铁杵依旧傻大黑粗，人生仍然大海捞针。实际上，那老婆婆跟安期生一样，也是骗子，按照老婆婆的方法，或许真的可以磨出针，但真的太浪费材料了。

写出“有才无命”四个字的那个瞬间，李白终于有勇气总结自己的过往：青春逝去，中年丧妻，四海飘零，无枝可依。这样的中年，一两顿断片儿之饮根本拯救不了。

按心理学的说法，这时的李白应该已经陷入了某种“习得性无助”。他那些年的诗读起来尤其带感，但仔细一琢磨，你会发现，那些句子真的特别像出自心理医生之口。对于了解李白过往的人，他的举动并非不可理解：久病成医，自古而然。

清风朗月不用一钱买，玉山自倒非人推。舒州杓，力士铛，李白与尔同死生。

——《襄阳歌》

君不见床头明镜悲白发，朝如青云暮成雪。人生得意须尽欢，莫使金樽空对月。

——《将进酒》（据敦煌手抄版，该版出唐人之手，或更近原诗）

喝着度数并不高的酒，说着自己并不信的话，李白的做法似乎不可能取到成效。

在夫人去世之后，心情更加糟糕的李白一度搬去了山东，想跟随大唐第一剑客“剑圣”裴旻继续学剑。为什么去山东？除了“剑舞”裴将军在那里之外，山东本身也足够特别：那里有山和大海。

秦始皇眼中，泰山是最崇高的山，山东的大海是最神秘的海。

山有山神，海有海仙，人生的无穷追问，只有山海可以聆听。

对那时的人来说，山与海，比星辰宇宙更令人神往：星空虽浩瀚，却离凡人太远。

李白眼中也一样。

山海之地，也是诗书之乡。真的到了山东，李白才发现，自己跟山东的很多读书人根本聊不下去，他忍不住发脾气骂人：“鲁国一杯水，难容横海鳞。仲尼且不敬，况乃寻常人。”——得，又要搬家。

一个携家带口的中年人，仍然像一个大侠那样活着。

散漫的隐居，临时起意的旅行，或者因心情不佳而突然实行的举家搬迁，对李白来说都再正常不过。今天的北漂、沪漂跟李白比起来根本不算什么，李白孩童时起，就在大唐的盛世里飘荡，似乎永远无法落脚。

天宝元年，李白四十二岁，扪胸雄心已甘，举目大势已去，岁月冲淡了忧愁，他几乎已经被自己治愈。这年春天，李白登泰山，留下的诗句不同于以前的酒醉自伤，反而充满了缥缈的仙气：

游泰山六首（节选）

李白

玉女四五人，飘飖下九垓。

含笑引素手，遗我流霞杯。

稽首再拜之，自愧非仙才。

旷然小宇宙，弃世何悠哉。

泰山绝顶，仙女们非要拉李白成仙，李白半推半就，心中飘飘然。

人生到了这般境界，还要什么自行车？

孔子登泰山只不过弱弱地小了一下天下，李白到了泰山直接把宇宙都敢小了，他看不起孔子我一点都不奇怪。宇宙在李白眼中都不算什么了，所谓盛世长安城，不过比曼哈顿岛略大一些罢了。

昔日最想留下的地方，现在像一粒尘埃。

我终于知道，为什么李白的偶像都是大骗子了：他发自内心地想要被骗。在没有骗子的时候，他甚至不得不自己骗自己，要知道，这比被别人骗可痛苦多了。

蓬蒿李杜

“仰天大笑出门去，我辈岂是蓬蒿人”。

以前我总以为这句诗是李白在酒桌上写的，可能跟哪个做官的喝酒时闹矛盾了，一怒之下掀翻了酒桌，狂笑离席。

后来才发现，我完全理解反了。这首诗的名字叫《南陵别儿童入京》，写于动身入京的通天大道上。写的是狂喜，写的是对昔日惆怅的报复。除了爽，完全没有别的情绪。

登上泰山，扬言要与尘世划清界限的李白并不知道，自己已在无意间立下了一个人类历史上最成功的“反 flag”：刚表达完仙气飘飘的弃世情怀，来自长安的皇帝诏书就以迅雷不及“快播”之势送达李白手上。

皇帝说：“请火速来京觐见，以慰我思贤之渴。”

怎么办？垂死病中惊坐起啊！李白完全忘记了宇宙、泰山和向他招手的玉女，立刻陷入狂喜。他等太久了，他太在乎了，他控制不了自己。他知道，仙女们和安期生是不会怪他的。

李白客居今安徽南陵的家中，亲朋邻居们也被皇帝的诏书刺激得沸腾了。有的杀鸡买酒，有的凑上盘缠，在乡亲们热辣的目光见证下，李白兴奋地戴起乌纱帽，一时却找不到镜子。围观的孩子们连忙纷纷用良心向他保证：这帽子合适，特别合适。

南陵别儿童入京

李白

白酒新熟山中归，黄鸡啄黍秋正肥。

呼童烹鸡酌白酒，儿女嬉笑牵人衣。

高歌取醉欲自慰，起舞落日争光辉。

游说万乘苦不早，著鞭跨马涉远道。

会稽愚妇轻买臣，余亦辞家西入秦。

仰天大笑出门去，我辈岂是蓬蒿人。

漆黑的深海之中，茫茫海底，仿佛无尽的虚无。疲倦的潜水员拿探照灯扫射了几十年，正打算放弃，石头缝里传来了刺眼的闪光。过度的狂喜虽然看着有点“小家子气”，但李白又何尝不是肉体凡胎？他只不过想要一个证明而已。

湖北的官僚嫌他狂，山东的儒生笑他傻，京城的高层欺他是一介布衣，江湖的兄弟怜他惆怅，就连自己都无法相信自己。天宝元年的春天，所有的不平随风飘散，李太白觉得自己的人生总算有了交代。

李白并不知道，自己命运的转折既不是由于自己过人的才华，也不是来自天道的公平，更不是来自明主的慧眼识珠，世界不是这么运作的。

事实上，李白的获用，只是出于一个略显荒诞的偶然事件：皇帝旅游的时候发现了祥瑞，心情相当不错，于是非常任性地改了年号，大赦了天下，顺便下诏给群臣们摊派了推荐人才的绩效考核。

三年后，东都洛阳。

一位叫杜二的无业青年已然走到人生的穷途末路，三十四岁的男人，饿得脸都绿了。危急时刻，一位刚刚辞去公职的名叫李十二的四十五岁大哥正好路过洛阳，身上恰好带着政府支付的大笔遣散费。看了杜二的脸色，大哥二话不说，掏出了钱包。二人聊得十分投机，遂约好秋天在梁园再会。

蓬蒿中接到圣旨，遇到杜甫时，此身又重新回到蓬蒿之中。

秋天的梁园，李白和杜甫如约而至，并且偶遇了一个叫高适的四十岁大兄弟。秋风起，狐兔正肥，三个中年男人骑马打猎，喝酒观伎，大呼小叫，招摇过市，玩得异常痛快。这次三个男人的旅行，让每个参与者都刻骨铭心。

河南开封的某个秋天，让三个男人怀念了一辈子。

还记得李白说他看到安期生的事情吗？李白写下那首《寄王屋山人孟大融》时，杜甫应该也在他身边。那时的李白一定兴致勃勃地向杜甫安利了一大堆神仙丹药之事，而杜甫的表情应该会略显奇怪，他一定忍不住想：这位四十多岁的老大哥怎么感觉怪怪的？

那时的三个男人都已经不算年轻了。最小的杜甫，早已尝到了挨饿的滋味。四十岁的高适已经参过军，发现了建功立业这种事显然比历史书中的还要艰难，这种感悟，李白的另一位朋友王昌龄也深有体会。至于李白，既然以四十五岁的年龄裸辞公务员职位，显然说明他已不是十五年前那个对朝廷世道一无所知的李白。

如果能提前懂得这个世界，或许我们的日子会好过很多。

李白诗的好，是高速公路上飙摩托的那种好，心里十分痛快，怎奈高速上风太大，还是会把眼泪吹下来。

如果非要选，其实我更偏爱杜甫。

杜甫诗的好，是那种特别实在、特别真挚的好，是那种初看不经意，细细一读却浑身起鸡皮疙瘩、忍不住流眼泪的那种好。尤其是当他写到李白时：

不见

杜甫

不见李生久，佯狂真可哀。
世人皆欲杀，吾意独怜才。
敏捷诗千首，飘零酒一杯。
匡山读书处，头白好归来。

杜甫诗中的“匡山”又叫戴天山、大匡山或大康山，大约位于四川绵阳一带，是李白少年读书的地方。那时李白还不到二十岁，对未来一无所知，他只是无法掩藏自己的天才。我们现在还能读到少年李白在戴天山读书时留下的绝妙作品：

访戴天山道士不遇

李白

犬吠水声中，桃花带雨浓。
树深时见鹿，溪午不闻钟。
野竹分青霭，飞泉挂碧峰。
无人知所去，愁倚两三松。

高中生一样年纪的少年，天才横溢，一不小心就把眼前的世界写得五彩氤氲、活色生香。水汽积聚，整座山笼罩在潮湿的空气之中，时不时有小鹿一闪而过。能否见到道士又有什么关系呢？但是按照传统，找不到人的情况下似乎还是应该装作不爽，于是，少年的李白装腔作势地来了一句“愁倚两三松”。

那个时候，那座山里，那位少年，哪有什么忧愁可言啊。

后来的后来，当真正的忧愁将李白锁进人生的黑夜，好朋友杜甫第一时间想到的是那座李白少年时“为赋新词强说愁”的匡山，多希望今时今日的忧愁，也是为了作诗而刻意强说，那个让人决定爱上世界的地方，昔日的少年已经白发，多希望他能平安归来。

据我所知，李白的余生再也没去过长安。

据我所知，李白的余生再也没回过匡山。

唐朝病人

唐朝是个多病的朝代。

安期生消失于秦朝，却在唐朝出现，起因就是一位不惜渡海求药的唐朝病人。卢照邻由于无法忍受病痛的折磨，投身颍水；陈子昂的多病则影响了他的性情，以至一生孤愤。至于白居易牙疼，刘禹锡眼疾，都是可以忽略不计的小毛病了。

李白本来是最健康的人，但他丝毫不珍惜这副皮囊：他是抑郁症患者，深受“嗑药”的毒害，同时还有严重的酒精依赖症。关于唐朝人的死因，《唐人年寿研究》用统计学的方法得出过一个有趣的结论：唐人主要死因有五——人为死亡、脑血管病、传染病、疮伤和服长生药。

最杰出的诗人王昌龄死于人为杀害，最杰出的诗人孟浩然死于疮伤，虽然不幸，毕竟祸福难测，我们除了忍耐和接受别无他法。最让人费解的是，为了长寿而服用“长寿药”这件事，竟然是排行前五的致命行为，这样的死法未免太亏。如果不曾服用丹药和过量饮酒，李白的身体素质也许会好上许多，但那样的李白恐怕就不是今天我们知道的李白了。

李白的好朋友杜甫，同样也是唐朝著名的病人。

杜甫小时候就很病弱，老年时，他显示出半身不遂、糖尿病及帕金森症状，眼睛也花了。这些病事出有因：第一个原因，杜甫一生四海漂泊，经历过霜雪；第二个原因，喝酒太多；第三个原因，我觉得李白带他寻找仙人的那几年，他一定也客随主便地服了“长寿药”。

李、杜并称，唐朝就开始了。后世读者总觉得李白很放荡，杜甫很稳重，其实是误会，两人属于半斤八两。杜甫说自己年轻时“裘马颇轻狂”，经历过安史之乱那样的大动荡之后，他越发随心所欲。五十多岁的年纪，仍然一晚上赶好几个场子。遇到谈得来的朋友，还会喝个通宵。

这样的生活习惯，绝不是长寿之道。

勉强可以称上幸运的是，掐头去尾，杜甫生命的中间段，身体还是十分健康的。“忆年十五心尚孩，健如黄犊走复来。庭前八月梨枣熟，一日上树能千回。”

壮如牛犊，捷若猿猴。靠着这副健壮的体魄，杜甫兴高采烈地闯入大唐的烟火人间，只是他没料到，自己会被残酷的命运按在地上反复揉搓。五十多年间，万千奔波劳苦，多少次断粮病卧，他硬是挺了过来。

锦绣大唐，万古风流，杜甫都领略过。秋野射猎，带给他无限快乐。即便夜宿娼家这种事情，我以小人之心度之，觉得他也未必会错过。毕竟那个时候，金粉六朝的余韵尚在。当然，这事儿没实锤。毕竟，像“此日遨游邀美女，此时歌舞入娼家”这种诗，杜甫的确没写过。

无论如何，杜甫也有过青春年少的日子，也有过纵马狂歌的生涯，这是毫无疑问的。然而，即便是高歌欢笑中的杜甫，我也总怀疑他不曾真的痛快：杜甫的人生没李白那么轻松，他是负重前行。

杜甫不像李白那样有钱，随便就能散尽几十万。杜甫一生大部分时间都在为吃饭担忧，酒肉宴席虽然不少，但那大多是蹭饭，他吃的时候很开心，事后想起来非常不痛快。除此之外，他一辈子都在路上，对家庭的照顾没有李白那么强。

李白纵横不羁，但他是个恋家的人，飘荡在外，不忘记托人照顾家庭，等孩子稍大，他也会以一个慈爱父亲的口吻给孩子写信。杜甫自然也疼爱自己的孩子，但出于种种原因，他的孩子饿死了一个。

杜甫是那种罕见的既有天赋，又有志向，而且特别勤奋自律的人。“七龄思即壮，开口咏凤凰。九龄书大字，有作成一囊”这样的天才，又出生在一个世代读书做官的家庭，肉眼可见的前途，一定不可限量。

杜甫参加了国家考试，出人意料地没曾考上。和李白一样，他写过很多干谒高官的诗，不惜摧眉折腰事权贵，也不曾得到特别好的机会。杜甫给皇帝献过歌功颂德的诗赋，颇引起过皇帝的注意，可惜伴君如伴虎，皇帝的心情说变就变。

杜甫觉得自己绝对可以做名臣，眼前的君王也绝对是尧舜，但故事的结局，并不让人满意。

三十多岁那年，不知道谁介绍的，杜甫第一次见到李白，携手同游，晚上盖一个被子，一见如故，仿佛热恋。后来，李白会思念杜甫，“思君若汶水，浩荡寄南征”，这种句子略显空洞，让人觉得那思念的浓度其实很一般。

这种意味其实也好懂：李白想到杜甫，想念的应该是杜甫的酒量和酒品，但唐朝酒量好的人有的是，杜甫有时就显得没那么特别了。毕竟像“饮中八仙”这种类似微信喝酒群的东西，几乎每个群都有李白。

杜甫思念李白的诗却不乏名句：“痛饮狂歌空度日，飞扬跋扈为谁雄。”这话有点批评李白狂浪不羁的意思，也有点自嘲奔走漂泊的意思，批评和自嘲里都带着心疼。

杜甫思念李白，想的是李白的人，不是他的诗。

闻一多先生说，不是李白的诗不好，是他人格的光芒掩盖了诗。换句话说，我们这些被李白的诗歌震撼到的人，假若真的见到李白本人，也会情不自禁地忘掉那些诗。

之前提到过，李白、杜甫一起玩的时候，一起的还有高适。高适能写出非常震撼人心的边塞诗，单看“相看白刃血纷纷”这样的诗句，我们很容易就能理解，李白和杜甫为什么喜欢他。

很多年之后，这三个男人分道扬镳，前尘往事成云烟。

安史之乱让整个大唐十室九空，两京陷落，老皇帝和他的儿子却陷入内斗。李白选择了南方那位，高适选择了北方那位，杜甫夹在西南和北方之间，处境尴尬。

现在看来，只有高适站对了位置，荣华富贵随之而来，杜甫心里有些不平，李白则直接成了高适的敌人。北方的王子登基，南方的王子被定为反叛，李白成了造反的罪人。

“世人皆欲杀”，李白随时可能被处死，但高适并没有向李白伸出过援手。两军对垒，各为其主，又加上北方的那位王子又是心眼超小的危险人物，在此情况下，高适的冷漠并非不可理解。

高适有“汉兵不顾身”之句，显然很看重那种轻生死的气魄，但他不顾身的前提，是疆场上面对“胡骑”，而不是为了某一位热爱喝酒的不羁友人。

李白其实不应该过于记恨高适，毕竟他自己是曾无数次吹嘘要为国家平定四方的人，但在安史之乱发生之后，面对上阵杀敌的大好机遇，他并没有真的“十步杀一人”。相反，他选择了跑路。六十多岁，死亡近在咫尺的时候，李白想过参军，可惜年迈体衰半途而废。

这一点，李白比不上杜甫，杜甫一度身陷贼营，冒死逃脱之后，奔跑的方向是国家部队。

李白有最狂野的梦想，却总是走到中途，渐忘来处；杜甫有最强悍的意志，诚朴方正，一生势大力沉，可惜少了几分灵动机巧；高适有最清晰的目标，既知来处，更知去向，到手的机会绝对不放，难免落下“不义”之讥。还有什么比这更自然的吗？不羁、刚毅或老道，都有其代价。

有一句俗腻的话叫：人非圣贤，何必苛责？岂知人世间最大的悲剧，莫过于“何必苛责”。前尘往事我们都明白，情非得已我们也理解，但还是会忍不住感到可惜。黄昏枯坐，你会不会可惜许多年前频频举起的酒杯？会不会可惜那些年轻时酒酣耳热吹过的牛皮？

我会。不甘之味，非苦为何？

盛世怎么办，乱世怎么办，穷则怎么办，达又怎么办，古人设想过很多方案。

盛世里何不对酒当歌？乱世里何不建功立业？穷就独善其身，达则兼济天下。实在不行，儒释道也是归宿，炼丹、念经、读书，似乎有无数选择。看起来非常简单，人生完全可以随遇而安。

可是，李白、杜甫、高适三个人经历了一切，但过得似乎都不怎么痛快。

杜甫相信过道教的法术，如果他和李白一样有钱，我相信他也会大量服用朱砂水银。面对人生的复杂局面，他也寻求过佛教的帮助，龙门石窟的钟声，曾让他心生悸动。读书、作诗、旅行、求官、忠君爱国、翻墙越狱、千里走单骑，杜甫不曾偷懒，该做的和不该做的，他一切都做了。

五十多岁年纪，杜甫飘荡的一生日暮途穷。这时，杜甫突然看到公孙大娘的弟子舞剑，一下想到了四岁那年，跟父亲一起观看公孙大娘亲自舞剑的情景。

观公孙大娘弟子舞剑器行

杜甫

序：大历二年十月十九日，夔府别驾元持（一作特）宅，见临颍李十二娘舞剑器，壮其蔚跂，问其所师，答曰："余公孙大娘弟子也。"开元三（一作五）载，余尚童稚。记于郾城观公孙氏舞剑器浑脱，浏漓顿挫，独出冠时，自高头宜春梨园二伎坊内人洎外供奉，晓是舞者。圣文神武皇帝初，公孙一人而已，玉貌锦（一作绣）衣，况余白首，今兹弟子，亦匪盛颜。

既辨其由来，知波澜莫二，抚事慷慨。聊为《剑器行》。往者吴人张旭，善草书帖，数常于郾县见公孙大娘舞西河剑器，自此草书长进，豪荡感激，即公孙可知矣。

昔有佳人公孙氏，一舞剑器动四方。
观者如山色沮丧，天地为之久低昂。
㸌如羿射九日落，矫如群帝骖龙翔。
来如雷霆收震怒，罢如江海凝清光。
绛唇珠袖两寂寞，晚有弟子传芬芳。
临颍美人在白帝，妙舞此曲神扬扬。
与余问答既有以，感时抚事增惋伤。
先帝侍女八千人，公孙剑器初第一。
五十年间似反掌，风尘澒洞昏王室。
梨园子弟散如烟，女乐馀姿映寒日。
金粟堆南木已拱，瞿唐石城草萧瑟。
玳筵急管曲复终，乐极哀来月东出。
老夫不知其所往，足茧荒山转愁疾。

五十多年光阴匆促，如同反掌。昔日四岁的孩童已经白头，且不问公孙大娘仙踪何处，眼前她的徒弟看上去也已经上了年纪。

公孙大娘舞剑的故事，是唐诗最常用的典故。不过大部分人用的时候不过是用传说当典故，杜甫笔下的公孙大娘则不同——

盛唐的绝代风华，杜甫曾亲眼见过。

洛城笛声

清朝人纪晓岚骂过一个叫魏泰的宋朝人，说这人“怀挟恩怨，颠倒是非”。

短短八个字里，有两个故事。

前四字，“怀挟恩怨”的确有实锤。魏泰这个人干过一件史无前例、惊世骇俗的小事：由于科举不利，他的愤怒演变为殴打考官，据说打得很重，考官差点被活活打死。干完这件事之后，魏泰隐居了。

进可殴打考官，退可闲云野鹤，一生并无太大功过的魏泰，单凭简单粗暴的人生态度便成了历史上最难以评价的人物之一：恨他者，张嘴几欲爆粗；爱他者，千载之下犹神往之。

后四字，“颠倒是非”也不冤枉：魏泰不是个老实人，造假是他的最大嗜好。

魏泰编过好多书，但他既不肯署真名，也不愿取笔名，出版的时候统统写上别人的名字。这么干，在魏泰看来的确好玩，却无意间坑苦了后世领旨编修校阅《四库全书》的纪晓岚。

李白是魏泰的诸多受害者之一。

有一首词，在无数选本里，作者一栏标注的都是李白。

菩萨蛮

平林漠漠烟如织，寒山一带伤心碧。暝色入高楼，有人楼上愁。

玉阶空伫立，宿鸟归飞急。何处是归程？长亭连短亭。

没错，是魏泰干的。

此《菩萨蛮》最早出现于宋僧文莹的《湘山野录》一书，同书中还介绍了此作的来历：

此词不知何人写在鼎州沧水驿楼，复不知何人所撰。魏道辅泰见而爱之。后至长沙，得古集于子宣内翰家，乃知李白所作。

大意是说，这首词被好事者写到鼎州沧水驿楼，但无论题壁者还是创作者都已无法考究。直到神奇的魏泰在他姐夫曾巩的家中找到一本更加神奇的“古集”，真相才大白于天下：这首词居然出自李白之手！

神秘的题壁者，充满羁旅惆怅的驿楼，姐夫家深藏不露的古书，前朝最具传奇色彩的人物，这几样凑齐之后，总能编出一个够味的故事吧？魏泰当初瞎扯的时候，心里一定这么想过。

此外，记录这个传说的文莹也不是省油的灯，一个和尚写的书里，充满了大内秘闻、宫闱密录，要多八卦有多八卦，十分靠不住。

那么，这首词到底是不是李白所作？

基于对魏泰、文莹的人品，我们固然有一万个理由认为这绝对不是李白写的，所谓的“古集”恐怕也是出于魏泰的杜撰，但如果要下一个“这首词的作者绝对不是李白”的结论，我还真的不是很有底气。

唐朝人填不填词？填的。李白在世之时有无《菩萨蛮》一曲？有的。这首词的水平怎么样？极好的。词中的羁旅情怀李白有没有？有的。也许真相终有一天会水落石出，或许真相为何并不是那么重要。

要知道，无论李白还是杜甫，一旦出门，常常数年都不归家。如果单身则罢了，他们结婚生子之后依然如此。

尽管李白总会殷勤地寄信回家，但他回家的次数却未必比更过分的杜甫少：提起盛唐，好多人都会心生向往，但由于出行不便等复杂的原因，那时的男人在对待妻子和家庭这件事上真的有一些残忍。

动辄以年计的浪荡漂泊，妻儿苦苦守望必定十分艰辛。人非木石，孰能无情？那些出门在外的行人，即便饮下再多的酒精，总有冷风拂面、午夜梦回的时刻。那一刻，羁旅之思化成蚀骨的虫子。

李白在洛阳喝了很多酒，席散的路上，突然听到笛声，顿时整个人都不好了。

春夜洛城闻笛

李白

谁家玉笛暗飞声，散入春风满洛城。

此夜曲中闻折柳，何人不起故园情。

杜甫也写过笛声："吹笛秋山风月清，谁家巧作断肠声。"

盛唐的笛声，杀伤力好大。

听到笛声的李白，如果能够读到《菩萨蛮》，即便不是他写的，想来也会有许多感慨。大唐的男子何以一定要漂泊旅行？为何不能与家人朝夕相聚，不叫良辰美景虚设？

暝色入高楼，有人楼上愁：原谅我这一生，不羁放纵爱自由。

突然想起来，杜甫另有一首想家的诗，写得非常动人：

月夜

杜甫

今夜鄜州月，闺中只独看。
遥怜小儿女，未解忆长安。
香雾云鬟湿，清辉玉臂寒。
何时倚虚幌，双照泪痕干。

鄜州离长安其实不到二百公里，想家的话，直接回去看就好了。其实并不行：当时长安已经失陷，杜甫早已落入贼手。身为俘虏、朝不保夕的情况下，仍然可以把记忆中的妻子写得那么美的中年人，运气一定不会太差。

杜甫后来越狱了，据说很顺利。

需要强调的是，这一章，李白和杜甫都不是主角。这段我想表达的意思其实是：同样不羁放纵的人生，我觉得魏泰比较爽一些。让人觉得很有趣的是，唐朝出的净是一些李白、杜甫、高适、王昌龄之类的人，而宋朝令人怀念的则是米芾、魏泰以及苏东坡。

唐朝像咖啡，闻之香气四溢，入口苦不堪言。

在摇滚歌手眼里，盛唐是菊花、古剑和酒，但历史学家们说，那些年只是运气好，之所以大家觉得盛唐特别兴旺，只是因为没有一个朝代能赶上盛唐的好天气。天气好，就有可能比其他朝代吃得稍微饱一些，但是相信我，对当时的普通老百姓而言，一生中大部分的时间还是很难熬的——是的，即便在盛唐。

宋朝有点像不太好的茶，饮之同样极苦，但至少，偶有回甘。

“义理”流行、从城市到乡村都充斥着“仁义道德”的宋朝，听起就很无趣，但宋朝有让人想要揽着肩膀一起逛菜市场的大学士——熙熙攘攘、污水横流、鸡飞狗跳的那种；稍晚一些，又有让人想要谈一场夏日恋爱的李清照——柏拉图式的就好。

河南之男

“老来多健忘，唯不忘相思”，这句诗写的并不是爱情。

事实上，写下这句诗的白居易本人，在爱情上一塌糊涂，在经过那么剧烈的时空变迁之后，这么说一位古人可能有失公允，但在我眼中，白居易就是个对爱情一无所知却有着强烈自恋情结的油腻渣男。

好在，他是个合格的朋友：真挚的感情，让人瞬间忘却他在爱情上的浪荡不检，被男人之间浓烈、优美、纯洁、独特的友谊深深感动。

男人从来都不是爱情动物。

男人最动人的情感，永远属于友谊。

“老来多健忘，唯不忘相思”出自白居易的《偶作寄朗之》，朗之是一个男人，名皇甫曙，是白居易的知心酒友兼亲戚。同诗另有句讲述二人交谊：

偶作寄朗之（节选）

白居易

有雪先相访，无花不作期。
斗醲干酿酒，夸妙细吟诗。
里巷千来往，都门五别离。
岐分两回首，书到一开眉。

花与雪的浪漫，酒与诗的温柔，分别的时候为谁频频回首？谁的信又让你喜上眉头？

白居易与朗之的友谊，不可谓不感人至深，但一个叫元稹的男人恐怕会不服。

赠元稹（节选）

白居易

一为同心友，三及芳岁阑。
花下鞍马游，雪中杯酒欢。
衡门相逢迎，不具带与冠。
春风日高睡，秋月夜深看。
不为同登科，不为同署官。
所合在方寸，心源无异端。

花前月下，春风冬雪，把“风花雪月”四个字用尽之后，世间的良辰美景只剩下两人一念、四季三饭而已。当岁月穿胸而过，当你的存在变得如呼吸般自然，你我之间又何须多言？

元白固然情深，但据我所知，有个人对此一定会笑而不语：那个之于白居易，超过汪伦之于李白的男人，那个在白居易心中占据最重要位置、即便元稹都会忍不住羡慕的男人，他有着人世间最朴实无华的名字。

他叫刘十九。

白居易问过刘十九的那个问题，我们至今没有得到他的答案，但在无数落雪的夜晚，所有的男人都在心底替他答了成千上万遍。

问刘十九

白居易

绿蚁新醅酒，红泥小火炉。

晚来天欲雪，能饮一杯无？

这首诗是那么短，念完它的时间，都不够一杯酒入喉。

中！这酒喝哩可得劲！

刘十九大概会这样回答，因为他是河南人。我猜的。

刘十九同宿

白居易

红旗破贼非吾事，黄纸除书无我名。

唯共嵩阳刘处士，围棋赌酒到天明。

是的，确实得劲。

这跟两个肥宅蹲在小屋里，一边喝着快乐水，一边彻夜开黑没什么区别；这跟两个黝黑的户外狗猫在湖边，一边瑟瑟发抖，一边举着钓竿没什么区别；这跟两个家徒四壁的愣小子骑着破摩托，哭着喊着非要去西藏也没什么区别。

这种简单质朴的感情，每个朝代，只要是男人都不会感到难以理解。

如果这个时候，女朋友发来查岗的微信，白居易会和所有男人一样，开始一番道貌岸然、冠冕堂皇、触及灵魂、高尚纯粹、官方派头、毫无真情实感的瞎扯：

赠内（节选）

白居易

生为同室亲，死为同穴尘。

他人尚相勉，而况我与君？

黔娄固穷士，妻贤忘其贫。

冀缺一农夫，妻敬俨如宾。

陶潜不营生，翟氏自爨薪。

梁鸿不肯仕，孟光甘布裙。

这种表态站队的诗歌，满纸的漂亮话，其实一点都不感人，不过官方过场而已，因为它只有空话，只有典故，而没有击中人心的细节。

白居易问刘十九，把天下人的心都问碎了：快要落雪天气，红泥小炉的火焰轻轻跳动，那气氛谁能扛得住？虚空里的鸟鸣模糊不清，嘴唇干燥，空气稀薄，院子里的梅花正忙着绽开它的第六个骨朵。

我爱你，有时候并不代表什么，甚至，大部分时候都是谎言。

“有约不来过夜半，闲敲棋子落灯花。”

这个，才叫思念。

我相信，白居易的妻子绝不会责怪丈夫对她的不走心。因为，在古代伦理中，夫妻是一个很严肃的伦理关系，跟君臣、父子一样，基本上没有开玩笑的空间。

礼教的世界里，每个人都要自我审查：不得无礼。

夫妻之间是严肃的，虽说有些幸运的夫妻之间，偶尔也会有一些君臣、父子、师徒等类似严肃关系所没有的温柔缱绻，但我们的头脑还是要保持足够的清醒：夫妻之间的关系，是非常严肃的关系，非常严肃。

因此，真正的情感，我说的是那种能够展露人性之浩荡的无拘无束的情感，那种超越了生理需求和生殖冲动的清新脱俗的情感，那种简单枯燥穷极无聊朴实无华感人至深的情感，只能发生在男人与男人之间。

比如，早在白居易出生前三十年，李白带着杜甫，正在北方的秋色里一路狂歌。这两个酒蒙子，一个四十多，一个三十多，胡子拉碴，眼神忧郁，但小酒馆里举杯一刻，却快乐得像个孩子。

很多年之后杜甫突然想到那些狂浪往事，忍不住问了李白一句——其实也是问他自己：痛饮狂歌空度日，飞扬跋扈为谁雄？

痛饮也好，跋扈也好，都不是什么好习惯。可是，这些都让人快乐。

杜甫这一生从来没有停止过痛饮，跋扈起来，常常通宵不眠。跟喝酒有关的诗歌写得通透灵动，酒气氤氲，像锦江上的晨雾，谁看谁眼神迷离，谁看谁狼烟四起，谁看谁横生酒意。

饮酣视八极，俗物都茫茫。

——《壮游》

此身饮罢无归处，独立苍茫自咏诗。

——《乐游原歌》

朝回日日典春衣，每日江头尽醉归。

酒债寻常行处有，人生七十古来稀。

——《曲江二首》其二

酒是李、杜的命根子：盛世的蓬蒿里，两粒飘摇草芥，只能不醉不归。

男人间的相思，总喜欢拿酒说事儿。白居易问刘十九，轻轻一问，可以落泪；李太白送杜二甫，深沉一醉，不足为别。

鲁郡东石门送杜二甫

李白

醉别复几日，登临遍池台。

何时石门路，重有金樽开。

秋波落泗水，海色明徂徕。

飞蓬各自远，且尽手中杯。

你可知道，醉别的时刻，我已经盼着下次的痛饮。可是下次是什么时候呢？这一次会不会是最后一次？承认吧，其实我们心里都没底。既然如此，那么，手里的这杯且饮尽吧。

絮絮叨叨的，没什么信息量的一首诗，我们读完了，竟忍不住替那俩唐朝的酒蒙子怅然若失。

很多年之后，诗的最后一句被一位叫田震的歌手“抄”走了。

田震的代表作《朋友》里有句歌词这么写：朋友你今天就要远走，请干了这杯酒。翻译成唐诗：飞蓬各自远，且尽手中杯。

送别之所以忧伤，是因为那一刻你已经很清楚地知道，无论此时做什么、说什么，都将无法改变一个事实：你走之后，相思的忧愁，一定不会放过我。

欣悦的相逢，不舍的送别，然后，必将是漫无止境的想念。

沙丘城下寄杜甫

李白

我来竟何事，高卧沙丘城。

城边有古树，日夕连秋声。

鲁酒不可醉，齐歌空复情。

思君若汶水，浩荡寄南征。

李白一生漂泊，住过无数地方，但别的地方还好，安陆的温柔少女，河南的招摇过市，金陵的月下吴歌，即便是长安，也有过转瞬即逝的高光时刻——只有在山东，是个例外。

李白在山东的时候最寂寞。

李白跟山东的儒生们聊不来，这个不说了。

最重要的原因是，据说山东的酒不行。

《庄子》里一句“鲁酒薄而邯郸围”，让鲁酒的恶名至今洗刷不掉。也许是为了恶心一下山东儒生，李白自然不愿意放过这个典故，“鲁酒不可醉”——因为薄。

“鲁酒薄而邯郸围”可能是最早的关于蝴蝶效应的经典案例。梁欲击赵，可是害怕楚干涉，迟迟未攻。此时，鲁献给楚王薄酒，导致楚王大怒攻鲁。于是，趁着楚忙着打鲁的当口，梁围了赵都邯郸。

酒的质量不好而已，居然能让邯郸躺枪。鲁酒薄，邯郸围，说的大概就是这么个故事。故事不止一个版本，我们甚至不知道哪个为真哪个为假，但每个版本里，鲁酒都薄，这一点让人有些心疼山东的酒友们。哪个山东大汉不希望以故乡的酒为荣？但千载之下，“鲁酒薄”三个字，人们乐此不疲地说，絮絮叨叨地聊，愣是忘不掉。

唐人杜牧诗：宋株聊自守，鲁酒怕旁围。

这个很过分，竟然把鲁酒跟宋兔放在一起说，试问哪个山东人受得了？

白居易更狠：鲁酒薄如水，邯郸开战场。

人家只是说鲁酒薄，白居易愣是续了“如水”二字，连细节都有了，一下子又薄了一个档次，薄得不要不要的。人家只是说“邯郸围”，到白老师这儿，得，直接拼白刃。

宋朝人没忘记鲁酒，陆游诗：斗酒敢言嫌鲁薄，杯羹聊得学吴酸。

元代也念叨：齐纨肯试千钧弩，鲁酒须浮五石樽。

明朝不曾缺席：鲁酒不可饮，须倾三百杯。

清人不忘初心，一句总结到位：浇愁鲁酒终嫌薄。

唐宋元明清一顿吐槽下来，我们一定会对这个知识点刻骨铭心：鲁酒不行，吴菜不行。其中，“吴酸”只是为了押韵对仗凑数的习惯性用典，而鲁酒应该确实薄。

即便如此，即便我们丝毫不考虑山东朋友的感受，仅仅从对得起良心的角度出发，平心而论的话，那这样的判断应该不会有错：鲁酒即便薄劣到极点，只要猛喝，应该还是能醉的。

写下“一点灯残鲁酒醒”的人就被鲁酒醉过，否则，“醒”字从何谈起？

然而，李白却固执地跟杜甫说：鲁酒不可醉。

欲加之罪，何患无辞？强行不醉，如之奈何？

如果鲁酒有人格，那么，在这句诗里，他将平生第一次可以扬眉吐气地向世界宣布，自己是无辜的——仅限在这句诗里。理由是即便鲁酒再厚，李白也会说薄。要知道，并不是每一次喝醉，都与酒无关。

杜诗云：花近高楼伤客心。

报告掌柜，这位客人怪花离楼太近，伤了他的心。我若是掌柜的，一定立刻吩咐家里的粗壮伙计：叉出去。

老杜心里明白得很，他的伤心，当然不是花的错，更不是鸟的错。

感时花溅泪，恨别鸟惊心，其实是很浅显的道理：心里不爽，整个世界都面目可憎，花开得晚有错，花开得早有错，连花开得离高楼太近都有错。

对李白来说，杜二不在的时候，来自湖北四川广西宁夏河南山东贵州云南的小镇乡村的酒，都变得索然寡味。鲁酒不可醉，针对的不是山东，他的意思是，没有好朋友对酌的情况下，在座的所有酒都是垃圾。

深冬时候，冷得跟孙子似的，有什么值得期盼的？即便真的喜欢在寒天饮酒，晚来天欲雪，自己不能喝吗，为何偏要问河南人刘十九？

他一来，这雪才有意味，这良辰美景才没算虚度。

鲁酒不可醉，压根就不是酒的事儿。

红泥小火炉，等的是知酒之味的人。

无论用哪个标准看，杜二和李十二都是绝对值得思念的人。一个人之所以值得思念，大部分时候都跟他有多么优秀可爱无关，我们思念他，只是因为我们知道，他此刻一定也在思念我。当然，李与杜是例外，他们在互相思念着对方之外，也分别是人类心灵的奇迹，是人世间不可多得的值得世间一切美好的魅力四射的超级可爱的人。

春天，我们在踏青，杜甫在想李白。

春日忆李白

杜甫

白也诗无敌，飘然思不群。

清新庾开府，俊逸鲍参军。

渭北春天树，江东日暮云。

何时一樽酒，重与细论文。

诗无敌，多么极端的三个字，在李白这儿，杜甫不肯留一丝余地。实际上，杜甫压根就不是一个愿意留余地的人。会当凌绝顶，一览众山小，登峰造极；为人性僻耽佳句，语不惊人死不休，死磕成癖。现在看来，杜甫的眼光老辣到可怕：在很多人的心目中，李白的诗歌当得起天下无敌。

这首诗里，我最爱五六句：渭北春天树，江东日暮云。

渭是北方的大河，江是南方的大河。你在北方大河之北，看见春天的树，会是怎样的心情呢？我在南方大河的更南边，太阳西下，暮云四合，不知何故，突然感到寂寞。很多年之后，这两句诗也被歌手“抄”走了：你在南方的艳阳里大雪纷飞，我在北方的寒夜里四季如春。如果天黑之前来得及，我要忘了你的眼睛。

四季如春，春天树。天黑之前，日暮云（雾）。

有个作家叫春树，我不太了解她，但我觉得她好有文化。春天的树，和寒天的酒、秋深的月一样，都是容易让人心碎的事物。微微发青的树皮，慢慢变暖的天气，空气中充满了蠢蠢欲动的气氛，总觉得会有什么发生，一定会发生，马上就发生。

宋元之时，某个雪夜，有个叫陆文圭的江苏人失眠了，于是他起床怒写了十首诗，并且一连换了十个韵脚，这十个韵脚连起来，可以连成两句诗，没错，渭北春天树，江东日暮云。平心而论，陆先生这组题为《雪夜不寐偶成短句十首用渭北春天树江东日暮云为韵》的失眠诗写得十分枯燥，但不管如何，他喜欢杜甫这两句诗的心情我们算是 get 到了。

秋天，我们在发呆，杜甫在想李白。

天末怀李白

杜甫

凉风起天末，君子意如何。

鸿雁几时到，江湖秋水多。

文章憎命达，魑魅喜人过。

应共冤魂语，投诗赠汨罗。

夜里，我们在做梦，杜甫也在做梦。

咦？不对啊，按照上面的节奏，此时杜甫应该也在想李白才对啊。没错，杜甫从来不是个偷懒的人，他睡觉是为了做梦，做梦是为了，梦见李白。

梦李白二首 其一

杜甫

死别已吞声，生别常恻恻。

江南瘴疠地，逐客无消息。

故人入我梦，明我长相忆。

恐非平生魂，路远不可测。

魂来枫林青，魂返关塞黑。

君今在罗网，何以有羽翼？

落月满屋梁，犹疑照颜色。

水深波浪阔，无使蛟龙得。

那时李白出事儿了，卷入血腥的政治斗争，几乎断送性命。身边看热闹不怕事儿大的人嘈杂议论，让杜甫心焦，然后就梦到了李白。从来不羁的男人，落入罗网之中，谁不痛惜？肉身凡人，如何逃离命运？

故人入我梦，明我长相忆。

“故人”两个字，是这首诗里最重的字眼。此故人也，不是普普通通的故日朋友，是一同穿越过生死的幸存者之间的依依相惜。那时，你我都是登高长啸的少年，盛世的月光将马鞍照得雪白，后来，蓬蒿里狭路相逢，一杯酒染上了思念，然后就是那场十室九空的战乱，整个世界支离破碎。这个故人，是“世乱遭飘荡，生还偶然遂”的故人，是“歌罢仰天叹，四座泪纵横”的故人。

落月满屋梁，犹疑照颜色。

我梦醒的时候会习惯性地打开台灯，而杜甫的年代没有台灯，于是他看到了落月。我们知道落日，我们甚至看到过落下的流星，但我们从来没用这样美妙的方式描述过月光——落月。刚刚从梦里醒来的时候，人的意识其实没有那么分明，月色落满了屋梁，将具象的屋梁变成了抽象的分界。此时，那根屋梁已不仅仅是屋梁，那是梦与醒的边缘。

梦里刚刚见过你，醒来时那一瞬间的恍惚，我仿佛真的看见了你。

水深波浪阔，无使蛟龙得。

凶险的大海里，你是一条小鱼，好好照顾自己，不要被恶龙逮到。这句让人的眼泪很难绷住，我们读到李白的无助，也读到了杜甫的无助，而后者更加绝望。在颠沛流离、杀机四伏的命运洪流里，李十二至少可以想想故乡的月亮，但杜甫，这位为朋友提心吊胆的人，却什么都做不了。

于是，焦虑的他，继续做梦。

梦李白二首 其二

杜甫

浮云终日行，游子久不至。

三夜频梦君，情亲见君意。

告归常局促，苦道来不易。

江湖多风波，舟楫恐失坠。

出门搔白首，若负平生志。

冠盖满京华，斯人独憔悴。

孰云网恢恢，将老身反累。

千秋万岁名，寂寞身后事。

出门搔白首，若负平生志。感慨到头皮发麻。

冠盖满京华，斯人独憔悴。心疼到难以呼吸。

千秋万岁名，寂寞身后事。凄怆到泪如雨下。

我曾在这本书的其他章节说过，老杜诗的好，大都是那种让你想流眼泪的好。浑朴强健的奋斗者，笔端总带着感人至深的力量。第一首《梦李白》写尽思念，第二首《梦李白》满篇只有四个字——都在酒里。

偌大的唐朝，汹涌的时光，最懂李白的，可能只有脸色蜡黄的杜甫一人而已。

少年时，李白写过的那首《访戴天山道士不遇》里，有“树深时见鹿，溪午不闻钟”之句，摇曳清新，天机峥嵘。那时候，他是一棵春天里的树，迫不及待地想要长大。

晚年时，李白的一生大势已去，像一朵日暮时分的云。日夜焦心的杜甫，为之写出“匡山读书处，头白好归来”一句。匡山，戴天山，是同一座山，那是李白少年读书的地方，这一句，沉痛到极点。

看老杜的笔意，他已然认定，李白是回不来了。当然，上帝视角的我们早就知道，李白最终得到了赦免放还，但过去的人生，无论它多么热烈深沉，无论它有多少遗憾，它都已经无可挽回地过去了。

树深时见鹿。说的是偶然，是瞬息，是浮生若梦，是人生如寄。古来万事东流水，李白比谁都懂，毕竟这算不上太过艰深的问题。庆幸的是，行经人世的瞬息之间，我们颇认识几个臭味相投的朋友，一起端起过味薄如水的鲁酒，一起领教过思念的味道。

一千年以来，每逢下雪的天气，无论哪个朝代，总有人想要喝酒。

每到落月的时分，无论哪个地方，总有人相思辗转。

李十二、杜二、白二十二、刘十九，都曾在这世界上真切地活过。活过，这趟就算没白来，并没有什么是真正值得遗憾的，一切都还好，一切都值得，一切都是幻灭，一切都是未来。

巧合的是，这四个男人，除了李白，都是河南人。

山东酒好不好我拿不准，河南人在喝酒这块，看起来确实中。

枯燥人间

男人这生物，可以说生来乏味。

飘雪的天气，冰凉的啤酒，拿起来一饮而尽，口中喊着爽快，乏味之外，也让人迷惑不解。

要想让玩泥巴的男孩放下泥巴，你只需给他一个炮仗，他会立刻掏出火机，兴冲冲跑开，捂着耳朵，眼睛里放着兴奋的光。小时候在村里，光往有人的茅坑里扔炮仗这件事儿，我们愣是玩了好几年，百扔不厌。

有人说，男人很单纯。由于单纯，所以快乐总是来得简单。又由于快乐来得太简单，所以男人显得更加乏味。

雪地里撵狗，宿舍里泡面，夜店里搭讪，贴吧里要资源，酒桌上的低俗桥段，只是看起来热闹，仔细一推敲，都是朴实无华单纯至极炉火纯青的枯燥。

有个朋友喜欢苏东坡，说他是这个世界上少数有趣的人。

这位朋友到底年轻，没见过什么世面。你说现在的当红小鲜肉有趣我都能忍，唯独不能说东坡——因为，但凡是男人，都很乏味，无人可以免俗，谁都不行，东坡也不行。

《东坡先生志林》里面，东坡先生认为值得一记的那些事，可以说一件比一件无趣。

比如，北宋秋天的半夜，死活睡不着觉，于是想去承天寺夜游，张怀民正好也睡不着，然后两个男人就溜达到半夜，还互相恭维，说，兄弟啊，这也就是你，换个人都会觉得我有病。

关键是东坡还有脸感慨，说月亮不稀罕，难得的是跟你一起看月亮的大兄弟。

我们到现在都不知道张怀民是干啥的，他留名青史大概只是因为他在恰当的时候散了个步。在历史上留下名字，应该比中彩票难太多，但有时候却简单到，你只需要在恰当的时间，出现在恰当的场合。

有学者研究，说张怀民原本姓汪，上辈子单名一个伦字，我信了。

再比如，养生，行走在宋朝的非铺装路面上，难免有点累，于是琢磨出养生的真谛，生命在于静止。其辞曰：我此身若动摇如毛发许，便堕地狱。至于煮饭与撒尿，以及如何科学地咽唾沫，就更无聊了。试问，尿满三十个坛子，到底有何趣味?

吞食自己的鼻涕，到底哪里好玩?

诡异的是，那么无聊的事情，还发生在遥远的宋朝，居然能传下来。

要知道，那时候可没有电啊，也没有电脑，连钢笔都没有。村里黑灯瞎火的，野生动物嗷嗷地叫，一个男人舔了舔笔尖，把故事写到薄如蝉翼的纸上，将近一千年的时光，那些无聊故事，愣没丢。

实际上，比这更无聊的事情，都能流传下来。从前，敦煌石窟里抄经的小和尚，无休无止地抄啊抄啊，累得几欲虚脱，却无从逃避，谁让他们的人设就是写字僧？累到快挂了怎么办？于是那些小和尚就在经卷的背面瞎画，最受欢迎的主题是啥？对喽，牛子。

诗曰：抄写工作不好搞，摇摇欲坠想睡倒。我有一招君记取，瞎杰宝画大杰宝。

在这乏味的人间，你会发现，大人物如东坡和他的朋友们，在酒桌上聊的天，跟你我的水平也差不了多少。比如东坡跟伙伴们喝酒，喝着喝着忘了夹菜，这一恍惚的功夫，问出了一个高深莫测的问题："哥几个，你们说修身什么最难？要我说，还是去除欲望。"

几位哥们儿早已上头，醉眼惺忪间，还不待东坡细说，一位高人早已开始论证："哥几个听我证明啊，已知，苏武是世界上意志最坚定的男人，绝对不会被策反变节，可谓节操的化身，说他是节操本操也不为过。然而，就是这么一个坚强如钢铁的男子，居然跟胡妇生了个胡娃。”

噫吁嚱，呜呼悲哉！英雄难过兮，美人关；一世英名兮，毁于那活儿。

> 张云：“苏子卿啮雪啖毡，蹈背出血，无一语少屈，可谓了生死之际矣，然不免为胡妇生子。穷居海上，而况洞房绮疏之下乎？乃知此事不易消除。”众客皆大笑。余爱其语有理，故为记之。
>
> ——《东坡先生志林》

高人不经意间的酒桌沉思，被席间的东坡记了下来。

世上最让人无法拒绝的，一是时间，二是逻辑。高人逻辑严密的论证给东坡留下了无法磨灭的印象，以致他必须将它记录到纸上并加以评语：有理。

我知道，有理走遍天下，无理寸步难行。那哥们儿的论述，我也觉得有理，可是，就算你再有理，也改变不了这是一个全天下酒桌上每天都会出现的黄段子的事实啊。

将近一千年啊，乏味的男人们在酒桌上吹的黄段子，就这么硬生生传了下来。

我想，这大概说明了一个让人绝望的事实：人们是真的偏爱那些无聊的事。

明刻《东坡先生志林》，每卷都有分类，一个个繁琐的类别，把东坡的一生整得支离破碎，也让人觉得人生更加无聊。游记、怀古、梦寐、送别，生命里的琐碎事，本来只是静静地琐碎，编书的人非要列得明明白白。

比如有一章专门讲做梦的，苏轼记载了好多他在梦里作的诗歌，有一首是这样的：百叠漪漪风皱，六珠纵纵云轻。植立含风广殿，微闻环佩摇声。写得稀碎，要不是东坡自供，我还以为是乾隆写的。更无聊的是，在另一个完全不同的梦里，东坡把这首诗又一字不差地写了一遍，让人匪夷所思。

这事儿只有两个可能。一是印错了，上千年传抄、印刷，不识字的刻工瞎刻，弄错很正常。二是没印错，东坡的梦，就是这么硬核。说实话，哪个是真相我都不稀罕了解，我甚至很难判断，哪一种真相更无趣。

跟男人比，女人显然有趣得多。蹴罢秋千，起来慵整纤纤手，啥意思？见客入来，袜刬金钗溜，能看懂？至于回文锦字、千金买却相如赋，女人的细腻和层次，女人的深刻和神秘，男人永远不懂。

这么说吧，俺们只会瞎喝酒。

那些瞎干无聊事的乏味时刻，对于男人来说，就是活着。

[明] 仇英《松溪六逸图》

本图描绘的是唐代李白、孔巢父、韩准、裴政、张叔明、陶沔这些被称为“六逸”的文士结社徂徕山的故事。图绘河面水平如镜，松树高大挺直，河边树下“六逸”们谈诗论画，观山赏景，不亦乐乎！

[明]杜堇《古贤诗意图》（局部）

根据杜甫《饮中八仙歌》创作，图中人物用白描法，笔法细劲透逸，形象生动有神。

[明]杜堇《古贤诗意图》（局部）

明代金琮书李白《把酒问月》，杜堇按诗意绘画。

飲中八仙
知章騎馬似乘船眼花落井
水底眠汝陽三斗始朝天道
逢麴車口流涎恨不移封向
酒泉左相日興費萬錢飲
如長鯨吸百川　銜杯樂聖
稱世賢宗之蕭灑美少年
舉觴白眼望青天皎如玉
樹臨風前蘇晉長齋繡佛
前醉中往往愛逃禪李白一
斗詩百篇長安市上酒家眠
天子呼來不上船自稱臣是酒
中仙張旭三杯草聖傳脫帽

青天有月來幾時我今停
杯一問之人攀明月不可得
月行卻與人相隨皎如飛
鏡臨丹闕綠烟滅盡清輝
發但見宵從海上來寧知曉
向雲間沒白兔擣藥秋復春
姮娥孤栖與誰鄰今人不
見古時月今月曾經照古
人古人今人若流水共看
明月皆如此唯願當歌對酒
時月光長照金尊裏

[明]唐寅《临李公麟饮中八仙图》(局部)

此图为唐寅临摹宋代李公麟的《饮中八仙图》，将八仙的风流倜傥表现得生动传神。

祝允明識

[明] 杜大绶《唐明皇招饮李白图》

此图描绘的是唐玄宗李隆基和李白宴饮的场景。

[明] 文徵明 《李白诗意图》

此图根据李白《望庐山瀑布》诗意所绘。

苏东坡约张怀民，蓦然读到时，一阵恍惚，心说，这谁扛得住，这谁受得了。张怀民傻不啦叽的，苏东坡愣不啦叽的，承天寺鸟不拉屎的地儿，树杈子瞎摇晃，大月牙子胡乱照地上，凑到一起，不知何故，总叫人怦然心动。

这稀碎的时光，瞎拢把拢把，就是一辈子。

东坡记爬山，累如狗，心说，到前面山上凉亭一定好好歇一歇。可是，走了好久，那个天煞的凉亭看起来还是那么遥不可及，但东坡先生已经不行了。此刻，一道闪电击中东坡先生枯燥的心灵：为啥非要到凉亭歇？是这地儿不好吗？

歇息的妙处在于，一定要瞎歇。

于是，东坡先生管什么凉亭不凉亭的，原地躺那儿了。

“由是如挂钩之鱼，忽得解脱。若人悟此，虽兵阵相接，鼓声如雷霆，进则死敌，退则死法，当恁么时也不妨熟歇。”

这段真够无聊的。

我哭着说。

也许你还不知道，这位枯燥的东坡先生，同时也是李白的粉头儿。

真相太白

如果说东坡是肥而不腻的肉，那么，太白就是千杯不醉的酒。

如果中国人只能热爱两个古代男人，我相信，许多人会毫不犹豫地写下这两个名字：李白、苏轼。当然，夸父、孔子、关羽、岳飞也会很有竞争力，但对于他们，中国人的敬，可能会远远大于爱。

无论如何，这个名单中杜甫应该没有什么优势，因为想象中的他特别沉重，这种沉重十分浓稠刻骨，在同学们为课本里的杜甫插图补绘上恶搞涂鸦之后仍无法化解。

茅草的飞走，儿童的啼哭，空虚的宿醉，总能让人难过。

基于类似的理由，名单里大概率也不会有陶渊明，因为想起他，就会想到田园将芜，草盛豆苗稀，或者聊天时用到的高频词汇“五斗米”。

这些东西加起来，莫名给人一种感觉，那就是，这个男人好像一辈子都没有吃饱过。毕竟我们中国人是挨过饿的民族，我们最不愿意想起的事儿，就是饿肚子。

即便有人写下杜甫或陶渊明这两个名字，他们落笔时所想到的也更可能是“会当凌绝顶，一览众山小”或“采取东篱下，悠然见南山”，而不是“朱门酒肉臭，路有冻死骨”或“种豆南山下，草盛豆苗稀”。

每个人都有两面，如果可以选，人们会情不自禁地想要先接近他晴朗的那一面。

说起来，中国人并非真的不喜欢杜甫或陶渊明，杜老师的忧愁和陶渊明的饥饿感，那种穿越历史的惆怅，和李白的大醉一样，都已经长进肉里。只是，我们太熟悉忧愁了，太擅长忧虑了，太厌恶贫穷了，太害怕饥饿了，所以当我们可以选择审美对象时，大部分人会毫不犹豫地选择那些我们心中认为更加洒脱、更加飘逸、更加无拘无束的人

——至于他们本人是不是那么洒脱、那么飘逸、那么无拘无束，已经不那么重要了。

在中国人的心目中，唐朝的李白和宋朝的苏轼是所能想到的最可爱的人：酒让拘谨的人开怀，肉让虚弱的人有力。他们光芒闪耀，但他们不是完美的，所以我们不必自惭形秽，他们

不是严肃的，所以我们不必过于拘谨。

能够以这样的心态去喜欢一个人，不累。

最重要的是，作为食物，酒与肉拥有同一种神奇的力量——治愈力。没有什么比食物更能治愈中国人了，类似“民以食为天”这样的话，没有挨过饿的民族绝对讲不出来。

挨过饿的民族，喜欢“食物系”的诗人，是不是很好理解？

民间对偶像表达喜爱之情的手段一向朴实无华：想尽一切办法美化他，编出无数故事神化他，将能够想到的一切美好的故事强加于他，将自己一切无法实现的梦想投射于他。

于是，民间的李白形象是这样的：他的出生，是星辰坠地的神迹。

最早在唐朝的时候，就有人说他是太白星（金星）托生，“其母梦长庚入怀”，这种原本只有帝王才有的待遇，人民慷慨地赋予了李白。太白星，也叫长庚、启明，巧合的是，无论在中国道教还是希腊、罗马神话里，代表这颗星星的神都是女性，到了《西游记》，不知为何突然又变性成一位油腻老汉，成为连猴子的尊敬都得不到的“太白金星老儿”。可能出于对金星形象的不满，另外一些人认为李白是代表着吉祥的岁星（木星）下凡，“福星高照”，所谓的福星，说的就是木星。

从天而降的他，甚至拥有着与众不同的生理结构。

据说，李白的腰间生有一块常人身体所没有的骨头，名曰

“傲骨”，这块傲骨限制了李白的运动机能：原谅我一生狂傲，无法“屈身”。

青少年时期的他，也有想要放弃读书的时候，幸运的是，他最终在溪边遇到了用铁杵磨针的老太太，从此深受激励，发奋用功，读书万卷，没有浪费自己的天赋。

进京之后的他，在天子身边的时候也丝毫没怕的，让著名太监高力士为之脱靴，使唤传说级美女杨贵妃如同奴婢。至于以气焰熏天闻名、一度让整个国家都为之瑟瑟发抖的杨国忠，此时只有侍立捧砚的份儿。

番邦不服时，他用番语（当时相当于外语）替天子写过《吓蛮书》，写成后从皇帝到满朝文武连一个字都不认识，无奈的李白只好用中文当场朗诵，语气颇有战狼风范：“况尔海外小邦，高丽附国，比之中国，不过一郡，士马刍粮，万分不及。若螳怒是逞，鹅骄不逊，天兵一下，千里流血……”

国家飘摇时，他间接平定了安史之乱。戏曲《打金枝》里，郭子仪用唱词深情回忆了那段激情燃烧的岁月：“想从前安禄山曾把兵起，他要夺唐室的锦绣社稷。带人马杀到了长安城里，把一个唐天子赶奔蜀西。李太白荐为父领王旨意，率领着众三军前去杀敌。有为父用尽了千方百计，才斩了安禄山儿的首级。”

人生的终点，人们给了他能想到的最浪漫的结局，生是星辰下凡，死是明月照水："李白著宫锦袍，游采石江中，傲然自得，旁若无人，因醉，入水中捉月而死。"

雾里看花，水中捉月，死去元知万事空，死得美丽、空灵又哀切寂寥。人们发自内心地觉得，这个男人值得一个有仪式感的死亡，于是，他们就在篝火边的故事里给了他一个传奇般的结局。

生得灿烂，活得狂浪，死得浪漫，这样的一生不算糟糕。

当然，历史上有很多很多的人，跟你我的立场一样，根本不相信以上关于李白的描述是事实："事在有无，语类不经；人心爱之，夸诩为真。"

意思很好理解，这种行为，相当于脑残粉给爱豆买热搜，心情虽然能理解，但如果让当事人知道的话，还是难免有点尬。

这种来自民间的、毫无克制的彩虹屁，在古代学者中曾经引起过严重的反弹。

天神下地、腰生反骨，这种神秘学的无稽之谈，以及铁杵磨针、智斗番邦这种三流旅游景点解说词级的古代传说，不必多谈。

在李白的诸多民间设定中，最值得思考的问题是，传说中的李白，为什么一定要对高力士或杨贵妃甚至代表最高权力的皇帝表示不屑呢？无论怎么看，这都不是明智之举。如果李白渴望在政治上有所建树，那么他狂傲的树敌行为，会让许多人觉得不可理喻；如果李白对权贵和政治天生厌恶，那么本可以入山清修的他，为何又甘愿走进宫廷，并写出狂拍杨贵妃马屁的油腻诗篇？

人们太想让李白成功了。

一方面，民间会把不畏强权甚至狂浪当作“很酷”的品质。这有点类似于学校里抽烟喝酒、喜欢跟老师恶作剧的孩子向来看不起老实本分的“书呆子”，那些不听话的孩子，代表了普通学生心底压抑着的“反抗”意识，代表了那些我们可能想干却始终无法付诸行动的事。

试问，这个世界上谁敢得罪皇帝的首席太监？面对杨玉环的美貌谁不神魂颠倒？听到皇帝的召唤谁敢无动于衷？淳朴的人们觉得，既然咱们普通人都会做出毫无惊喜的无趣选择，那么，有趣这事儿就交给李白了。

另一方面，民间又发自内心地羡慕和渴望权力，并且在日常生活中将与皇权富贵相关的一切事情视作一种荣耀，因此李白在“蔑视”权贵的同时，多少还得为权贵干点事，在关键时刻解决饱食终日的权贵们所无法解决的重大难题。

于是，当唐玄宗的文采无法再把贵妃逗笑的时候，李白那几首油腻的诗词上线了；于是，当蛮夷小国对唐王朝发难时，李白化身为小书童华安，一番嘴炮，当时就让对方吐出几十两血。

民间传说里看到的李白，并不是真实的李白。

那个星辰下凡、无所不能、自我分裂、无法自圆其说的李白，其实是几千年来民间大众集体的心理标本和病理切片。了解到这点之后，我们会获得一个全新的视野，历史上学者们关于李白各种激烈争论的起源，其实都源自对“真实李白”和“传说李白”的混淆。

两宋时，很多学者都不怎么喜欢李白。

东坡亲弟弟苏辙对李白的评价，让东坡都难以接受：

> 李白诗类其为人，骏发豪放，华而不实，好事喜名，而不知义理之所在也。语用兵则先登陷阵不以为难，语游侠则白昼杀人不以为非，此岂其诚能也哉？
>
> ——《栾城集》

如果仅就作品而论，无论辙弟弟喜不喜欢李白的诗风，都很正常，这是典型的阅读口味的问题，我还不喜欢村上春树呢，怪我咯？然而辙弟弟上来先来了一句“诗类其人”，那么接下来的论述，“骏发豪放”“好事喜名”八个字在诗歌之外，也可以视作对李白人格的评价。

苏辙可是苏轼的弟弟，唐宋八大家成员，历史上最有才华的学者和作家之一，何以对李白的评价如此之低？到底是苏辙没品，还是李白真的如此不堪？这一切背后，究竟是人性的扭曲还是道德的沦丧？

作为李白的理性粉，摸着良心说，传说中的李白确实挺“中二”的，净干一些仅仅看上去酷炫但要么并没有什么用甚至让人怀疑智商的事情，这不是“好事喜名”是什么？

至于“不知义理之所在”，评价的也很在理，毕竟苏辙那个年代流行的“义理”，在李白的作品里确实不多见。当然这事儿也不能怪李白，在我们这个时代流行的“区块链”，李白不也一个字都没有提到过，你不会怪李白吧？

苏辙对传说中李白形象的批评，我可以接受，但就其对李白诗作的评语而言，我必须得说一句：“辙弟弟似乎真的不太懂诗。”苏辙把“语用兵则先登陷阵不以为难，语游侠则白昼杀人不以为非”当成李白的毛病，我想问苏辙老师，要不然呢？

诗歌要的是气势，酝酿的是情绪，跟论文是两码事啊弟弟。

苏辙认为李白做不到诗歌里吹嘘的这些事，所以他觉得李白这个人华而不实，没杜甫实在。如果能穿越，我想跑到苏辙老师面前，当着这位杠精的面，把杜甫的这四句诗怒念一万遍：

百忧集行（节选）

杜甫

忆年十五心尚孩，健如黄犊走复来。

庭前八月梨枣熟，一日上树能千回。

二十四小时上树一千回，意味着每小时上树 41.6667 回（取小数点后四位），也就是每分钟上树 0.6944 回（取小数点后四位），有一定常识的人都可以判断这事儿的荒谬性：即便杜甫受得了，树受得了吗？

相较于苏辙，诗话界的扛把子、诗评界的专业大 V，宋朝的黄彻先生（代表作《巩溪诗话》）对李白的批评显然更加有理有据，他让人信服地把李白的不堪展现在世人面前，“世俗夸太白赐床调羹为荣，力士脱靴为勇。愚观唐宗渠渠于白，岂真乐道下贤者哉？其意急得艳词媟语，以悦妇人耳。”

专业评论家就是专业评论家，黄先生说的无一字不在理，让人无法反驳：不畏权势的确是高尚的品质，但如此过头的姿态化表现，反而走向表达的反面，有穷酸小家子气和俗滥的嫌疑。正如异香扑鼻、红光满室固然是一种非凡的异兆，但当每个帝王的传记里都如此记载时，吉祥、伟大与神秘便成为一种俗不可耐的套路。

唐玄宗真的尊重李白吗？如果答案为肯定，那么他至少应该在淫词艳曲之外，给李白一些正儿八经的差事，事实上，他并没有这么做。

关于高力士脱靴及李白的“小家子气”，唐朝段成式《酉阳杂俎》里也有一段记载：“李白名播海内，玄宗于便殿召见。神气高朗，轩轩然若霞举。上不觉忘万乘之尊，因命纳履。白遂展足与高力士曰：去靴。力士失势，遽为脱之。及出，上指白谓力士曰：此人固穷相。”

这段故事中的李白形象，不知你作何感想，我觉得在“穷酸”之外，还多少有点“猥琐”。唐玄宗居高临下的毒舌，那来自上层社会的傲慢口吻虽然让人极端不爽，但我得承认，他那句傲慢的评语至少不是凭空所下。

李白的读者们不必难过，我接下来的话，想必你已经猜到：这些故事和评述里的李白，当然都不能算是真实的李白，他们全都是“传说李白”。甚至连那几首劣等的诗歌，什么衣裳像云、容貌像花的恶俗比喻，都是“传说李白”的一部分。

真实的李白，应该不是那个样子的。

相较于两宋时期铺天盖地的对李白的批评，苏东坡对李白无条件的信心与热爱，有一种感动人心的力量。要知道，与你我这些现代读者不同，东坡对李白的热烈情感的可贵之处在于，它是那种在接受了高力士脱靴、接受了“天子呼来不上船”、接受了“云想衣裳花想容”之后，仍然矢志不渝的热爱。

换言之，与我这种理性粉不同，东坡是脑残粉。

关于李白其人，下面是苏轼的原话：

李太白，狂士也，又尝失节于永王璘，此岂济世之人哉？而毕文简公以王佐期之，不亦过乎？曰：士固有大言而无实，虚名不适于用者，然不可以此料天下士。士以气为主。方高力士用事，公卿大夫争事之，而太白使脱靴殿上，固已气盖天下矣。使之得志，必不肯附权幸以取容，其肯从君于昏乎？夏侯湛赞东方生云：“开济明豁，包含弘大。陵轹卿相，嘲哂豪杰。笼罩靡前，跆籍贵势。出不休显，贱不忧戚。戏万乘若僚友，视铸列如草芥。雄节迈伦，高气盖世。可谓拔乎其萃，游方之外者也。”吾于太白亦云。

——《苏文忠公全集》

这篇文章似乎有点针对弟弟苏辙，东坡一上来先从根本上反驳了不懂诗歌的弟弟：士以气为主，李白是狂士，而不是老老实实的上班族。这个世界需要上班族，也需要李白，两者孰高孰低可能有点争议，然而，正如你不能要求上班族能写出激荡人心的诗歌一样，你也不能按上班族的标准来要求李白。

然后，东坡吹出了平生最大的一个彩虹屁。大学士就是大学士，深不可测，这个彩虹屁只用了四个字：气盖天下。完了，到顶了，没法比这种境界更牛了，东坡把话说到头了。

于是，留给后世无数李白脑残粉的词汇只剩下“俺也一样”。

然后，他引用了一组精美的对仗：戏万乘若僚友，视俦列如草芥。

狂，真的狂。横，真的横。

遗憾的是，正如那些自相矛盾、小家子气的李白只能代表淳朴却上不了台面的民间理想一样，东坡眼中这个狂浪不羁、傲视人间的李白，所能代表的，也只能是东坡自己一厢情愿的狂想而已。

神化的、黑化的李白是不真实的李白，高度美化过的、理想化的李白也同样不真实。

那些虚无缥缈的荒诞滤镜被拿下之后，如果能重来，你还想当李白吗？

问你呢，荣浩。

王屋山人

位于中原地区的一座山，由于据说上面有山洞“如王者之宫”，所以被称作王屋山，又因为在愚公移山的故事中戏份很足，从而受到许多隐居者的青睐。这种王屋山情节，在皇帝与后宫带头修道的盛唐达到鼎盛。唐时最有名的道士、李白的好朋友司马承祯先生，在他的著作中，将王屋山定论为道教第一洞天。

王屋山实在过于有名，来隐居的人常常络绎不绝，以致“王屋山人”这个名号早已丧失了其作为某人道号的专有属性，从而变成类似于“阳澄湖大闸蟹”或者“兰州拉面”的公共品牌。你叫王屋山人我没意见，但我也叫王屋山人，你也不要介意哦。

张籍有《胡山人归王屋因有赠》诗，证明他曾见过一位姓胡的王屋山人。按诗题的意思揣测，张籍与胡山人应该是在红尘中偶然相遇，作诗之时，正是胡山人再次入山归隐之日。

杜牧《卢秀才将出王屋高步名场江南相逢赠别》云“王屋山人有古文”，这说明杜牧也认识一位姓卢的王屋山人。与上面的胡山人不同的是，这位卢先生的隐居显然已经告一段落，正准备出关下山，去那红尘乱世里消受一番。

张籍或杜牧，都不以结交神仙道士出名，最爱结交外道的李太白，在王屋山人这个问题上，毫无悬念地令人印象深刻。天下适合隐居的名山太多了，王屋山只是其中之一，而李白竟然留下至少两首与“王屋山人”交往之作，这意味着，李白至少认识两位以上叫“王屋山人”的人，更何况，王屋山上肯定还住着许多名号不叫王屋山人的隐士，比如同样曾经隐居王屋山的玉真公主——巧了，玉真公主，李白也认识，不但他认识，他女儿也认识，他女儿的后妈也认识，他全家都认识。

总之，在热爱神仙道士这件事上，李白的资深达人身份无人可以撼动。

李白遇到的第一位王屋山人，叫孟大融。

中年的李白曾和杜甫一起去过王屋山，两位中国诗坛最霸道的男子，在王屋山遇到了一位叫孟大融的隐士，这位孟大融对中国诗坛的直接贡献，就是让李白留下了一首《寄王屋山人孟大融》。这首诗前面引用过，“愿随夫子天坛上，闲与仙人扫落花”，虽然没有多么精彩绝伦，但也不失为朗朗上口的名句。

李白遇到的第二位王屋山人，叫魏颢——两人相遇之时，这哥们儿尚叫魏万。

自称“王屋山人”的魏颢或魏万，是个有点奇怪的人。

在给李白集作序的人里，他显得特别格格不入，比如，别人的落款都是“宣州当涂县令李阳冰”“朝散大夫行尚书职方员外郎直史馆上柱国乐史”，他的落款则是完全不同的画风——前进士魏颢。

古书里到处是陷阱。简简单单、普普通通甚至有点小枯燥的“前进士”三个字不知折损了多少聪明的读书人，因为这三个字很容易让人误解成为“前朝进士”或“从前的进士”之类的意思，而只有熟悉历史的人才知道，这个“前进士”的真正意思是“真进士”，这件事的迷惑程度简直可以入选“古人迷惑行为大赏”。

进士就进士，何来真假？要怪就怪中国文化太过博大精深。出于虚荣或各种奇怪的原因，“进士”这个词汇跟钱一样，被唐朝人弄得有点通胀。瞧他们干的这破事儿：那时候，大家习惯性地将本来不是进士的举人呼作“进士”，听起来爽，可遇到真正的进士该如何称呼呢？古人自然有招，呼为“前进士”，这个“前”，大概是更进一步的意思。

“进士”本身就已经表达了“进步”的意思，此时为了区分真进士和出于客气的口嗨“进士”，没办法，只得在“进士”之前再加一个“前”字。于是，好好的进士，从称呼上看上去，好像是专业负责“前进”的奇怪职业。

与此同时，还充满了莫名的正能量：向前进，战士的责任重，妇女的冤仇深（《红色娘子军连歌》）。

原本优雅的读书人，画风陡然诡异。古人的脑瓜里到底具体怎么想的，咱也没法找唐朝人问。但是，很容易能看出来的一点是：这看似无聊费解的文字游戏里，暗涌的是古往今来人心的脆弱，正是这脆弱衍生出无数的荒诞和滑稽。

我还在读中学的时候，村里人就喜欢喊我大学生；等我考上大学，村里人又开始喊我研究生；等我终于读到研究生，村里人突然不知道喊我啥了，相视尴尬，手足无措，只剩下沉默。所谓溢美，所谓语言的暴力，古往今来，不外如此，并不深奥。

简而言之，这种语言上的处心积虑反映了一件事：古时候，大家太看重进士了。

清朝的曾国藩，小时候经常和自己的父亲一起进考场，他爹一把年纪，对事业已无幻想，但世代务农的家庭，心中的执念却日益强烈：必须得考个功名。同朝的袁世凯年轻时更可怜，什么进士不进士、前进士还是后进士，都跟他没有任何关系，平生所愿只是一个秀才，却偏偏连秀才都考不明白，以致愤慨不已，几欲自闭：不能得一秀才，死不瞑目。

就像很多表格只需要填最高学历一样，古人在书里也倾向于列上自己的最高官职或最煊赫的身份，魏颢前面的“前进士”三个字似乎说明，除了进士身份之外，魏颢的一生并无十分辉煌的履历——否则，我们一定会知道。

虽然都因为认识李白而知名，但魏颢跟汪伦那种低端网红还是不一样，他不但有进士身份，更有作品传世。之所以有作品传世，是因为李白信任他，让他负责整理自己的作品《李翰林集》。书虽散佚，序却奇迹般流传下来。

没错，《李翰林集》的序《李翰林集序》，是魏颢写的。

魏颢对自己的名字有着深深的执念，他不断改名的经历，《李翰林集序》里写得很有意思：“颢始名万，次名炎。万之日，不远命驾江东访白。”一开始叫魏万，后改魏炎，后来又改为魏颢。

魏颢是李白最忠实的粉丝之一，并且是那种让人闻风色变的“私生粉”。魏颢之所以能够和李白成为好友，一切都离不开他坚韧不拔的毅力。早在他的名字还叫魏万的日子，他就一路追寻李白的足迹，终于在广陵见到李白。

假如你喜欢或者喜欢过李白，那么此时，我们应该感谢这个当时还叫魏万的魏颢，因为他跋山涉水，吃了很多苦头之后，终于用自己的眼睛，在大唐的天空下，在春尽的五月，替我们看了一眼李白。这一眼，不止千年。

关于第一次见到李白的印象，魏颢写了十六个字：眸子炯然，哆如饿虎，或时束带，风流酝藉。

眼睛又大又亮，气质超级棒。要知道，此时魏颢见到的不是少年李白，不是青年李白，甚至不是中年李白——他面前的人，是时年五十四岁的老年李白。一个五十四岁的小老头，眼睛放着光，睁得像觅食的饿虎，满身都是风流蕴藉。

李白二十岁、三十岁、四十岁时有多么英俊，当年醉酒的样子多么飘然不群，真的不敢想。

最关键的是，当年的魏颢只是蓬蒿中的一个普通人而已，浑身全是毛病，大部分人都看不惯他。见到偶像李白的时候，相处得却很融洽，这种融洽，治愈了魏颢。

“颢平生自负，人或为狂，白相见泯合。”

所有人都觉得魏颢自负疏狂，但魏颢跟李白在一起的时候，一切却那么自然。这种在对方面前可以自由做自己、无论自己怎么做对方都觉得没问题的感觉，全世界的人都可以体会，为了描述这种感觉，人们发明了许多词汇：惺惺相惜，臭味相投，一见如故，相见恨晚，莫逆之交，肝胆相照，如胶似漆，琴瑟和鸣，高山流水。

如果别人都觉得你不正常，如果恰好你过得也不是很好，你会不会因此怀疑自己？你会不会一改往日的不屑，仔细想一想那些被你视作噪音的别人对你的评价？阿杜说过，谁都可能暂时地失去勇气。

如果突然有个人说，你挺好的啊。

你会不会有种热泪奔涌的冲动？所谓知己，不是“懂我”，是“爱我”。好多人说，找一个懂自己的知己好难，言下之意，自己很难懂？人这种生物，很好懂的——你说那些年你没遇到懂你的人，其实是没有遇到想懂你的人。人会说会叫，比动物好懂一万倍，但竭力地呼喊、拼命地倾诉，却经常换不来哪怕一个听众，是不是很奇怪？

杜甫“世人皆欲杀，吾意独怜才”的泪点在于，当全世界都抛弃你的时候，我仍然爱你。这种爱当然不是爱情，但它超越了爱情：人与人之间、灵魂与灵魂之间、宇宙中两粒尘埃之间的爱，足以轻易地让那些被世人赞颂过的最美的爱情故事黯然失色。

白居易问刘十九那一句“能饮一杯无”，请问司马相如的情歌中，哪一句可以匹敌？

魏颢见到李白的时候，李白也见到了魏颢。当魏颢在心里赞叹李白的风流蕴藉时，李白也在为他的数千里追寻而感动不已。魏颢察觉到李白的亲切与随和，李白也感恩于魏颢的仰慕与热爱。

李白给魏颢写了一首很长的诗《送王屋山人魏万还王屋》，序言里记述了魏颢追寻自己的过程：

王屋山人魏万，云自嵩宋沿吴相访，数千里不遇。乘兴游台越，经永嘉，观谢公石门。后于广陵相见，美其爱文好古，浪迹方外，因述其行而赠是诗。

在古代，旅行是特别艰苦、特别费钱的高危活动。

魏颢的追寻李白之旅，不但要承担旅途奔波的高额花费和生命危险，更受制于通讯，必须接受不断跑冤枉路的糟糕经历。当你听说李白在山东的时候，你除了动身去山东没有别的办法，但三个月之后，当你到达山东的时候，李白是否还在山东呢？

百折不挠这个词，用在魏颢身上，太恰当不过。

魏颢的硬核追星获得了连他自己都不曾料想的丰厚回报。魏颢不像李白、杜甫、高适那么有名，他的故事理应像大部分人一样湮灭在历史的尘埃中，但在李白赠给他的长篇诗歌里，我们却可以窥见魏颢的风采。在李太白的笔下，魏颢像杜甫一样闪闪发光。

魏颢是山东人，少年即有才辩，隐居王屋山，修炼学道，为访李白，辗转三千里，一路瞻仰古迹，根据李白诗中的不完全统计，这一路魏颢观看了钱塘江的潮、会稽的若耶溪、余姚的曹娥碑、天台的寺、温州的岛屿、新安江口的水、谢灵运登临过的山、沈约题诗的楼……

这些绝妙的古迹与美景，见识过无数慕名而来的人，千载万年之后，不出意外的话，那片海、那座山应该还在那里。世上真正稀缺、转瞬即逝的美景，是那个和你狭路相，愿意和你不醉不归的陌生人。钱塘江的潮我也见过，但魏颢见过李白，李白也见过魏颢，我只看见潮。“潮打空城寂寞回”，当然不是钱塘的潮，但此时突然想到这一句，才发现人家写得确实横。

李白的《送王屋山人魏万还王屋》不是普普通通的酬唱客套，他写这首诗的时候下了很大的功夫，不像是酒后满纸落云烟的挥洒，里面有用力的痕迹，也有讨巧的心机，比如，诗歌的大部分篇幅都在描述魏颢旅行过的景点，把那些风景写得特别动人，读着读着差点以为这是首山水诗。这些山水美景跟魏颢有什么关系呢？没啥关系，魏颢去过而已。

刚认识的朋友，了解不多，但你就是莫名其妙地特别欣赏他，特别想给他写一首比之前赠送任何人的都长的诗，怎么办？李白的尴尬就在这里。这种含着眼泪强行写下去的事，李白其实不是第一次干。尽管如此，李白毕竟是李白，哪怕强行写的诗，读起来仍然优美飘逸，感人至深。

比如这几句的写景：“秀色不可名，清辉满江城。人游月边去，舟在空中行。”

这四句是想象，想象的内容，是魏颢曾经看到的美景。人游月边，这人是魏颢；舟在空中，这舟是魏颢的舟。秀丽的江城，清丽的风景，缥缈的月色，空灵的小舟，谁知道，都是你。

你看见世上的风景，但我毫无艳羡之感，不是你看过的风景不够美，而是无论那风景多美，都不及我看到的你。

听上去像土味情话，但大意就是这么个意思。

诗歌中，李白甚至提议要带魏颢去见自己的好友，大家一起玩耍。“吾友杨子云，弦歌播清芬。虽为江宁宰，好与山公群。乘兴但一行，且知我爱君。”

李白告诉魏颢，自己的朋友杨子云虽然是江宁宰，听起来跟我们不像一类人，但这个人的爱好跟山公很像，要不咱们一起去找他玩一趟吧，顺便也让他知道我为什么这么喜欢你。

魏晋名士山公，他到底有怎样的爱好呢？在那个年代，他的爱好，可谓妇孺皆知。请看儿歌：“山公出何许？往至高阳池。日夕倒载归，酩酊无所知。”是个狠人。

李白要带魏颢去拜访自己的好友杨子云这件事，说明他真的喜欢魏颢。我们可以读到李白与杨老哥的诗歌酬唱，字里行间能看得出，杨子云绝对不是李白的泛泛之交。杨是旅行中会想念的那种朋友，“徒令魂入梦，翻觉夜成秋”（《宿白鹭洲寄杨江宁》）；他也是你愿意和他在盛大宴会上觥筹交错的朋友，“感此劝一觞，愿君覆瓢壶”（《春日陪杨江宁及诸官宴北湖感古作》）；同时，他也是你遇到挫折时想要倾诉的朋友，“纷纷江上雪，草草客中悲”（《新林浦阻风寄友人》）。

李白眼中的杨兄，是光芒万丈的存在。《江宁杨利物画赞》

里写道：“赵城开国，玉树凌烟。笔鼓元化，形分自然。明珠独转，秋月孤悬。作宰作程，摧刚挫坚。”这么重要的朋友，他第一时间要介绍给魏颢认识。你交到了特别喜欢的朋友，大概也会第一时间跟死党分享喜悦吧，人同此心，心同此理。

李白赠魏颢诗的最后四句：“我苦惜远别，茫然使心悲。黄河若不断，白首长相思。”

山无棱，天地合，黄河断，乃敢与君绝。

（这里请原谅我破坏气氛一下，没有半点怀疑李白情感真诚的意思，单纯忍不住而已。唐时大概黄河水量很足，所以太白以黄河断为喻，但后来由于生态破坏等原因，黄河一度经常断流。某百科上甚至有“黄河断流”这个词条：“黄河自然断流指黄河最下游一个水文站利津水文站测得的径流量不足 $1m^3/S$。断流始于 1972 年，在 1972—1996 年的二十五年间，有十九年出现河干断流，平均四年三次断流。1987 年后几乎连年出现断流，其断流时间不断提前，断流范围不断扩大，断流频次、历时不断增加。”）

当然这些都不重要，重要的是，魏颢仰慕李白，李白回报了他的仰慕。

在《李翰林集序》里，魏颢提到了李白对自己的勉励：“（白）谓余‘尔后必著大名于天下，无忘老夫与明月奴。’因尽出其文，命颢为集。颢今登第，岂符言也？”

“著大名于天下”的意思是“成名”，“成名”的意思很单纯，专指一件事情，科举登第。罗隐考了十几次未果，写下“我未成名君未嫁，可能俱是不如人”之句，是没能“著大名于天下”的典型。白居易年未三十而中进士，“慈恩塔下题名处，十七人中最少年”，可谓春风得意，但他应该见过许多蹉跎岁月未成名的举子，偶尔也会发出“成名要趁早”的感慨：

悲哉行（节选）

白居易

十上方一第，成名常苦迟。
纵有宦达者，两鬓已成丝。
可怜少壮日，适在穷贱时。
丈夫老且病，焉用富贵为。

孟浩然算不算“著大名于天下”？不算，因为没考上。甚至李白都不算“著名”，尽管他在中央当过近两年的翰林，但他离开之时仍是白身布衣。

魏颢口中的李白，说出“尔后必著大名于天下，无忘老夫与明月奴”这种苟富贵、勿相忘般的田舍之语，并不让人意外。李白的功名心，很可能比魏颢的还要重，只是他太过骄傲，以致年轻时的我们一度以为他真的不屑。

魏颢成名之后，没有忘记李白。两个人分手之后的第二年，“四海大盗”，李白放逐夜郎。“经乱离，白章句荡尽”，六年之后，魏颢于山西绛县偶然得之，“沉吟累年，一字不下”，直到有一天突然想起旧事，援笔作序，开始编辑李白集——开篇附二人之间的酬唱诗，“不忘故人也”。

在序的最后，魏颢写道：“白未绝笔，吾其再刊。”

显然，魏颢已经很久没有跟李白通音信了，战乱的年代，即便想通信，你也很难找到地址，就算找到地址，信也不一定能够顺利送到。音书断绝是很寻常的事，忍一忍，等一等，再大的动乱总会有平息下来的那一天，到时候再相见，不醉不归，岂不美哉？如果你还写，那我再替你编辑传世，如果你后来还愿意对我讲故事，我会在以后的序言里为你记录。

魏颢这样有良心的朋友，后来的世界上已经不多。

可惜，当魏颢落笔的时候，虽然世界基本上已经太平，但世上再也没有李太白了。在魏颢沉吟的“数年”里的某一年，李白死在了自己的六十二岁上。

相对于李白赠魏颢的诗，在我眼中，魏颢赠李白的诗更加真挚感人。当然，这跟诗才高低无关，主要是李白的人格魅力太过震撼，目睹斯人，你没办法矜持，没地方隐藏，没必要保留，没机会内敛，那种爱慕会自己爬上笔尖。

魏颢的诗才并不飘逸，有时甚至流于笨拙、琐碎和啰唆，年轻人作诗的油滑和套路偶尔也会暴露出来，但那都是诗力所限，其实不必苛责。重要的是，诗中对李白的仰慕之情，是质朴和真挚的，那种质朴和真挚，一千多年之后，仍然不难体会。

本章的最后，我想用魏颢的这首诗作为结尾。

金陵酬李翰林谪仙子

前进士 魏颢

君抱碧海珠，我怀蓝田玉。各称希代宝，万里遥相烛。
长卿慕蔺久，子猷意已深。平生风云人，暗合江海心。
去秋忽乘兴，命驾来东土。谪仙游梁园，爱子在邹鲁。
二处一不见，拂衣向江东。五两挂海月，扁舟随长风。
南游吴越遍，高揖二千石。雪上天台山，春逢翰林伯。
宣父敬项橐，林宗重黄生。一长复一少，相看如弟兄。
惕然意不尽，更逐西南去。同舟入秦淮，建业龙盘处。
楚歌对吴酒，借问承恩初。宫买长门赋，天迎驷马车。
才高世难容，道废可推命。安石重携妓，子房空谢病。
金陵百万户，六代帝王都。虎石据西江，钟山临北湖。
二山信为美，王屋人相待。应为歧路多，不知岁寒在。
君游早晚还，勿久风尘间。此别未远别，秋期到仙山。

负天横海

李白一生有过很多朋友，李白的一生有过无数次偶遇、痛饮与离别。在大唐颤动的空气里，明月升了又落，山花开了又败，金樽满了又空，李十二就这样度过了一生。

魏颢是李白的“迷弟”，他数千里跋涉，替我们目睹了谪仙风采，替我们亲耳聆听了谪仙故事，替我们亲手举起酒杯。更可贵的是，魏颢是一个勤奋的人，他把自己和李白的交往细细地写进了《李翰林集序》中，这篇文章又奇迹般流传了下来。

换言之，不同于宋朝的欧阳修，不同于清朝的王琦，不同于前辈郭沫若，不同于今日的我，魏颢笔下的李白，是他耳闻目睹、推杯换盏过的活生生的李白，是喝醉了也说胡话、得意了也会忘形、离家了也会想念的血肉之躯——是一手的李太白。

江湖酒馆，举杯夜话，最容易动真情，最容易说真话，最容易说漏嘴。面对魏颢，李白显然没有任何保留，酒酣耳热后，该说的，不该说的，寻常的，敏感的，他可以说知无不言，言无不尽。

李白自己杀过人这事儿，大概就是那会儿告诉魏颢的。

“少任侠，手刃数人。”短短七个字，现在读起来仍然让人心惊肉跳。李白的胆子太大了，喝酒这事儿太吓人了，杀人这种隐秘至极的往事，竟然告诉一个刚刚才认识的陌生人。死生相托，不过如此。

要知道，唐朝实行着当时地球上最成熟的法律之一，唐律虽然与今天我们使用的法律大有不同，但对杀人这件事情的重视程度，与今天却没有根本的差异，最高的刑罚都是死刑。《唐律疏议》：“诸斗殴杀人者，绞。以刃及故杀人者，斩。虽因斗，而用兵刃杀者，与故杀同。”

手刃数人，按唐律为故意杀人罪，是最高可以判处极刑的死罪。这样的大事，说给魏颢听，想必魏颢当时也吓了一跳。幸运的是，魏颢是个靠谱的朋友，是个忠诚的可以信得过的酒友。很多年之后，魏颢将这件埋藏许久的秘密写到纸上时，并不准备立刻发表，因为他当时还不知道李白已经去世。魏颢将文稿交给儿子收藏，那意思很简单——他不打算给李白带来麻烦。

我不曾研究过唐律有没有追诉期的时限，但朋友杀人的事情，哪怕再有正义感，哪怕再让你骄傲，但还是不公开的好。没有什么事比闷声发大财更爽快。魏颢这样年少轻狂的人，到了中年之后竟然这般谨慎、细致和可靠，让人十分感动。

关于出身，李白自己有各种不同的说法，史书里的说法也让人看得头大。公认的说法是，李白是“新蜀人”。蜀人就是蜀人，何来新旧？我们不应忘记，李白出生于中亚的雪山脚下，严格说来，他是移民四川的“新蜀人”，至今欠着四川人民一张暂住证。

魏颢是山东人，但这一点都不影响他对蜀地的感情，爱屋及乌，其魏颢之谓也？

> 自盘古划天地，天地之气，艮于西南。剑门上断，横江下绝，岷峨之曲，别为锦川。蜀之人无闻则已，闻则杰出，是生相如、君平、王褒、扬雄，降有陈子昂、李白，皆五百年矣。
>
> ——《李翰林集序》

“蜀之人无闻则已，闻则杰出”这句话让人压抑不住吐槽的欲望：要不然呢？人只有两种状态，要么出名，要么不出名，现在两种情况都被你魏颢说完了。不是我跟你杠，按这样的思路，那么全世界的人都可以用“无闻则已、闻则杰出”八个字形容好吗？

鲁之人无闻则已，闻则杰出；斯里兰卡之人无闻则已，闻则杰出；安徽省阜阳市之人无闻则已，闻则杰出；北京市门头沟之人无闻则已，闻则杰出；火星之人无闻则已，闻则杰出；河南驻马店之人无闻则已，闻则杰出；大美利坚合众国之人无闻则已，闻则杰出……

扯远了，说正事。

籍贯说得还算明白，但关于李白的婚姻和家庭，魏颢却记载得很糊涂。这种由于口语听力误差说带来的糊涂感，恰恰说明魏颢提供的是一手素材，《李翰林集序》亦因此而显得愈加珍贵。

> 白始娶于许，生一女一男曰明月奴，女既嫁而卒。又合于刘，刘诀。次合于鲁一妇，生子曰颇黎。终娶于宋。
>
> ——《李翰林集序》

许姑娘是李白的初恋和初婚，这没有问题。“生一女一男曰明月奴”这话不通，既然生了一女一男，为何后面只有一个名字？根据郭沫若先生的分析，“明月奴”更像是女孩的乳名，如此一来，这“一男”怕是衍误，删去便通顺了。

“女既嫁而卒”这句话也不合理，根据公元757年李白在狱中所作《百忧章》里“草掷二孩”之语，则李白的女儿平阳直到李白五十七岁那年仍然未嫁。郭先生以为，问题出在山东人和四川人的口音问题上，以常理推之，“女既嫁而卒”大概率是魏颢错听了李白所说的“女既笄而卒”。

郭老是四川人，四川话是母语，这段天才般简明扼要的分析，反正我是信了。普通话还未普及的唐朝，异乡人之间聊天，想来应该特别费劲——特别在酒把舌头喝大了之后。

“又合于刘”，不久分手，分手的原因大概是话不投机。郭先生推断，李白在《南陵别儿童入京》中大骂的“会稽愚妇”应该就是这个“刘”。即使是分手之后，这位刘女士也不曾放过李白，而是到处向李白的友人搬弄是非，各种说李白的坏话，这让李白大动肝火，以致罕见地写诗狂骂前女友。悲愤的诗句，无情地透露出这么一个令人心碎的结论：狂放一生的李太白，在妇人与家庭领域，亦曾经狼狈如你我：

雪谗诗赠友人（节选）

李白

彼妇人之猖狂，不如鹊之强强。

彼妇人之淫昏，不如鹑之奔奔。

……

妲己灭纣，褒女惑周。

天维荡覆，职此之由。

汉祖吕氏，食其在傍。

秦皇太后，毒亦淫荒。

䗖蝀作昏，遂掩太阳。

万乘尚尔，匹夫何伤。

说实话，郭先生的分析我一开始是不信的，因为李白曾经在无数作品里都提到过世人对自己的诬陷、嘲弄与冷笑，他这样容易得罪人的体质，遇到这种情况并不罕见，但人非草木，谁又甘愿遭受网络暴力？愤激之时，写几首回敬的诗，想来再自然不过了。

然而，在仔细读过这首《雪谗诗赠友人》之后，我信了郭老的话。不知道你有没有发现，这首诗里所骂的人，清一色的全是女性，从妲己到秦始皇他妈，絮絮叨叨，挨个数落，中年妇女的口吻，让人难以相信这首诗竟真的出李太白手笔。只有一个可能，这一定是受到刺激了，刺激他的一定是一位难缠的女性，而世界上最难缠的女性又有且只有一位：前妻或者前女友。

这里啰嗦一句，本书中，秦始皇早已躺了无数次枪，但这次老母都被拉出来骂，的确有些过分，但这一切都是李白的锅：

写作者如我，读书人如你，咱们只是隔空神交，不必自责。

史书上说李白的儿子叫“伯禽”，魏颢说李白的儿子叫“颇黎”，天差地别一般，哪怕听力再不准，“禽”和“黎”至少应该能够区分吧？郭老有一番让人心服口服的推测：会不会，李白的儿子其实叫“伯离”，魏颢没听清，于是当成了音近的“颇黎”，史官没看清，写成了形近的“伯禽”？

我觉得一定是这样，感觉太合理了，感觉特别像那么回事儿，感觉基本没有别的可能。当然，这都是我个人的判断，李白的儿子究竟叫什么，郭老的推测到底对不对，暂时我还下不了定论。

“终娶于宋”，这是实打实的听力的锅，众所周知，李白最后一任妻子姓“宗”，是李白的同道中人，对道家修仙狂热至极。很多年之后，疲惫的李白不想修仙了，妇人却愈发变本加厉，两人竟因此几乎反目。好在，李白的女儿平阳也热爱仙道，这让她跟后妈处得非常和谐，给李白省了不少心。

李白狎妓这事儿，多亏了魏颢，竟也成为实锤。太白泉下有知，想必会很想谢谢魏颢全家。

李白的狎妓诗有好几首，显然他自己对狎妓这事儿毫无介怀，但诗里自己吹牛是一回事，把细节写到传世的文章里，将酒酣耳热的吹牛落地为白纸黑字的“实锤”又是另一回事。李白的狎妓诗写得有些油腻，读之有不适的风险，正式阅读前，请读者最好各自有所心理准备。诗曰——

出妓金陵子呈卢六四首

李白

其一

安石东山三十春，傲然携妓出风尘。

楼中见我金陵子，何似阳台云雨人？

其二

南国新丰酒，东山小妓歌。

对君君不乐，花月奈愁何！

其三

东道烟霞主，西江诗酒筵。

相逢不觉醉，日堕历阳川。

其四

小妓金陵歌楚声，家僮丹砂学凤鸣。

我亦为君饮清酒，君心不肯向人倾。

这几首的主题可谓低俗空洞，李白得意地向朋友炫耀：当年谢安石最为人传颂的风流事迹，就是携妓遨游，今天我也弄了个叫金陵子的大妹子，你来帮我瞅瞅，这妞正不正？太白狎妓之乐，也不过是饮酒、听歌，没什么太大的意思。

李白的狎妓，借酒浇愁之外，更多的是向偶像致敬。

注意，李白自己的诗歌里，提到的妹子只有“金陵子”一位，从魏颢笔下，我们可以了解，李白交往的花酒妹子显然不止金陵子一位，因为魏颢说他“间携昭阳、金陵之妓”。什么意思？就是说李白在金陵子之外，还曾经交往过昭阳之妓，并且不止一次，所谓“间”，就是“时不时”的意思。

魏颢笔下的李白，一度有过非常痛快的日子，“骏马美妾，所适二千石郊迎。饮数斗，醉则奴丹砂抚青海波。”李白所到之处，接待标准是骏马美妾，地方官员出郊迎接，酒喝到差不多的时候，就让小童舞“青海波”。

李白死后二百多年，成书于日本平安时代的《源氏物语》多次提及这支从大唐传入的雅乐，后来的岁月中，这支舞成为日本民族记忆的一部分。通过《源氏物语》的华丽描写，我们可以想见小童在酒宴之间，起舞青海波的风姿：

> 源氏中将所表演的舞蹈是双人舞《青海波》，对手是左大臣家公子头中将。这位头中将的丰姿与品格均甚优雅，迥异凡人；但和源氏中将并立起来，好比樱花树旁边的一株山木，显然逊色了。
>
> 渐渐红日西倾，阳光照人，鲜艳如火；乐声鼎沸，舞兴正酣。此时两人共舞，步态与表情异常优美，世

无其比。源氏中将的歌咏尤为动听，简直像佛国里的仙鸟迦陵频伽的鸣声。美妙之极，皇上感动得流下泪来。公卿和亲王等也都流泪。歌咏既毕，重整舞袖，另演新姿。此时乐声大作，响彻云霄。源氏中将脸上的光彩比平常更加焕发了。

——《源氏物语》

关于李白的文学成就，魏颢认为神乎其技，可与古人争长。

伏羲造书契后，文章滥觞者《六经》，《六经》糟粕《离骚》，《离骚》糠秕建安七子。七子至白，中有兰芳，情理宛约，词句妍丽，白与古人争长。三字九言，鬼出神入，瞠若夫后耳。

在李白神出鬼没的才华面前，别人只能跟在屁股后面干瞪眼。

关于李白一生不曾一展抱负的坎坷生涯，魏颢觉得那是因为李白太过优秀。

禄位拘常人，横海鲲，负天鹏，岂池笼荣之！

官位是给寻常人设立的，对于横海的巨鲲、负天的大鹏而言，岂能做池笼之中的玩物？马厩是给寻常的驴马设立的，对于行空的天马，谁好意思对他说一句“请君卧槽”？中国人就爱这一套，把自己和自己朋友捧到天上去，觉得这样就有了面子，其实字里行间，早就透出柠檬的味道。

后人的诗写得哀切：蛟龙岂是池中物？风雨不来狂不得。意思是，就算你不是普通人，就算你是神龙，未成气候之时，最好还是乖乖盘着。这话听起来一点都不霸道，然而，不管你喜不喜欢，这就是生活的本质。

禄位拘常人，这话不假。问题是，谁又不是常人？常人想要的平安喜乐、富贵美满、高官厚禄、建功立业、长生不死、金樽长满、飘飘欲仙，李白都想要。道理我都知道，李白岂看不透？看透容易，但真的要承认自己是个平凡人，别说李太白了，你我都会纠结——

平凡庸常是一回事，彻底放下年少时的偏执，彻底与生活握手言和，承认自己活在一个一切都有规律可循的无趣世界，承认自己和这个世界有着天大的误会，承认自己是个必须忍受物理法则的平凡人，又是另一回事。

摧心肝。

风力未成

“著大名于天下”这件事，是李白一生的执念，至死未能割舍。年轻的时候尤其炽热。

热衷于功名这件事并不丢脸。在价值观的问题上，绝大部分唐朝人是十分坦率的，至少，墓志没必要骗人吧？《唐代墓志汇编》里说：“人之处世，莫不欲位尊而家肥，握权而居要。”直白露骨，可也实在朴素至极。

这种人人心中翻涌的想法，就是那时的主流价值观。

为了事业和功名，唐朝人甚至和现代大都市的年轻人一样，总有那么一些人想要推迟成家的时间。唐朝的普通男子大多在二十到三十岁之间完婚，最低可低至十三岁，而出于对理想的追求和对未来伴侣门第的挑剔，也有人将结婚年龄推迟到三四十岁乃至五六十岁，甚至终身不娶。

在那个每个家族背负着“传承香火”压力的传统年代，为了功名的缘故，似乎三四十岁结婚也能得到家族和社会的宽容。《唐代墓志汇编》里还说：“常有大志，不拘小节，每言曰：‘达则娶于卿相。’故逾既立而未婚。”

学者李燕捷的研究结果证明，在功名上的奋斗的确是值得的：仅从寿命短长看，唐朝人均寿命有着明显的阶级差异，僧道的寿命最高，其次是高级官吏、中级官吏、平民。有趣的是，唐朝低级官吏的平均寿命竟然比平民还要短，这也意味着，“人之处世，莫不欲位尊而家肥，握权而居要”的价值观是合乎经济学原理的。

科举功名是主流价值观的时代，即便有人无意功名，恐怕最终也不得不别家入秦，社会的洪流任何时候都不好抵抗。

元载的妻子王韫秀为名将王忠嗣之女，元载位卑且出身寒微，久之为王之亲属轻贱，妻子王韫秀不堪其辱，乃劝元载入京游学。别妻离家，进京赶考，像极了儿时戏台上的桥段。

别妻王韫秀

元载

年来谁不厌龙钟，虽在侯门似不容。

看取海山寒翠树，苦遭霜霰到秦封。

那时，进京求名的人如过江之鲫。千万人走独木桥，失意总是难免。

早发上东门

薛据

十五能文西入秦，三十无家作路人。

时命不将明主合，布衣空惹洛阳尘。

功夫不负有心人，曾经久居人下的薛据与元载最终还是得以金榜题名。然而，宫门深重，宦海难测，福祸相依，金榜题名的狂喜转瞬即逝，人生的无常猝不及防。多年之后，宰相元载因罪被赐死，当初那个劝夫求进的王韫秀亦未能幸免。元载夫妻发迹后自取死路的贪酷，大概多少与年少时受尽冷眼的寒微有关吧。

时代的空气也把李白从新婚宴尔中赶到了长安。

李白写过一封《上安州裴长史书》，希望能够得到裴宽的重用或举荐，用李白信中自己的话说，他的诉求是“愿君侯惠以大遇”。显然，对于魏颢口中“拘常人”的禄位，李白并不反对。

这种平民和举子给各级官员的上书，其主要内容包括自我介绍、求学及工作经历、技能特长、个人评价和职业规划，很多人还会贴心地附上自己的诗文作品。这种俗称“干谒文”的东西，其实就是今天我们说的“简历”。

干谒文写起来难度不大，唯一的难点，是自己的自尊心。

天下青年才俊如过江之鲫，每个人心里都燃烧着一举成名天下知的野火，绝大部分人不会放弃任何一次得到各级官吏、权威人士甚至朝廷垂青的机会：“唐士子应举，多遍谒藩镇、州郡丐脂润，至受厌薄不辞。”

到处干谒，即便有时候不招人待见也在所不辞，何哉？大概在当时人眼中，这就是唐朝社会的生存指南，舍此之外，要想成名，似乎也没有更好的办法。

我心目中干谒文界的扛把子，当数一个叫王泠然的前辈。开元五年，也就是李白还是一个十七岁的少年时，王前辈已经考中了进士，“著大名于天下”的任务完成。照理说，接下来的节奏就是“春风得意马蹄疾，一日看尽长安花”了。然而，造化弄人，负责从进士中遴选官员的吏部，当年却因故停选。

王泠然前辈深感郁闷，于是给监察御史高老师写了一封干谒文，这封信霸道异常。

“仆之怪君甚久矣，不忆往日任宋城县尉乎……往者虽蒙公不送，今日亦自致青云。”这几句抱怨看起来没头没脑，其实是往日旧恨：当年王泠然参加地方选拔即应“取解”试时，当时还没做到监察御史的高老师，正好是当地的县尉，就是他，把应试的王泠然刷掉了。

如果说王泠然埋没一生也就算了，但老天千不该万不该让他考中进士，因为王泠然的进士及第意味着当年高老师淘汰王泠然是一个严重的错误，在王泠然看来，你就是针对我王某。于是，及第之后，王泠然先来了一句阴阳怪气的抱怨：我恨你很久了。当年，您刷了我，但是，我凭着自己的本事，还是考上来了，你说气不气人？

为何如此直白地抱怨？就是要勾起对方的内疚，内疚了，就更有可能采取补偿措施。紧接着是一通哭穷：“仆家贫亲老，常少供养，兄弟未有官资，嗷嗷环堵，菜色相看，贫而卖浆。”大概意思是，上有老，下有小，一家人饿得脸都绿了。为何如此直白地卖惨？就是要勾起对方的同情心，同情心起来了，就更有可能出手救济。

在漫长的铺垫之后，王泠然终于提出了他的诉求：“望御史今年为仆索一妇，明年为留心一官，幸有馀力，何惜些些？”要求之简单粗暴，愿望之清晰明了，表达之坦荡直白，都为古今干谒文所罕见：今年先给我弄一媳妇儿，解决个人问题；明年再给我弄个官，解决组织问题。别想推辞，我知道你可以。

继痛斥激发内疚、哭穷引发同情并提出诉求后，王泠然还不忘用威胁加强动机：“使仆一朝出其不意，与君并肩台阁，侧眼相视，公始悔而谢仆，仆安能有色于君乎？”万一哪天我发达了，你后悔道歉都没用。

“仆生长草野，语诚触忤，并诗若干首，别来三日，莫作旧眼相看。山东布衣，不识忌讳，泠然顿首。”我村里人不知规矩，如有冒犯，纯属故意。PS：附件里有我的最新作品，请您品，您细品。

一篇生动的干谒文，像一束X光，穿透历史的尘埃，照见鲜活的唐朝。

原来，干谒也不全是跪舔，也是可以威胁的；原来，娶媳妇这事儿也可以找领导解决；原来，即便考中了进士，人的穷酸气也那么难改呀；还有，唐朝人都像王老师那么狂吗？凭什么呀？

我最好奇的是，高御史看到这封信时，会有什么反应呢？他又会如何回复？对于下面推测的准确性，我有百分之百的信心：高御史读完信之后，大概会先愣上三秒左右，继而狂笑三分钟，然后一脸严肃地写下简短的回信——“滚。”

有时，你不得不承认一句诗的正确性，那就是高适写的那句“莫愁前路无知己”。即便猖狂猥琐如王泠然前辈者，也不乏知音。《唐才子传》评论王泠然的句子，仿佛漫天的彩虹，而王老师就站在那彩虹之巅，面向我们露出倦怠的微笑，同时，略带矜持地挥舞着那只能够写出神一样干谒文的小手：“（王）工文诗赋，气质豪爽，当言无所回忌，乃卓荦奇才，济世之器。”

即便在现实的职场世界里，王泠然也得到过吏部官员的提携，得到太子校书郎的职位，但这个职位并没有使王泠然满意。校书郎是一个略显枯燥的图书馆工作，且品位在所有官吏中最低，是 low 穿地心的“从九品下”。这么说吧，“从九品下”是官员的底线和平民的上限。

可以想见，以王泠然之自负，他心里该有多憋屈。于是，他各种干谒，甚至直接写信给时任宰相张说，故技重施，把张说狠狠骂了一顿之后，再求对方提携：“仆虽不佞，亦相公一株桃李也。”

让人欣慰的是，张说也没有搭理他。

《全唐诗》王泠然存诗仅四首，按我的口味，都很平常，跟彩虹屁中的“工文诗赋”好像不太匹配。王泠然的《寒食篇》末句云：“纵使遨游今日罢，明朝尚自有清明。”大有“没有玩够不要怕，周五之后是周六”的亲切感，让人印象深刻。

下面这句话也许会让李白的粉丝不适：李白跟王泠然有同样的毛病。

实际上，那时候的年轻人普遍都有这样的毛病，甚至可以说，全世界的年轻人都有类似的毛病，谓之“狂”，谓之“骄傲”，谓之“天生我材必有用”，谓之“安能摧眉折腰事权贵，使我不得开心颜”。

自尊和狂傲甚至自恋，本身都没什么问题。问题是，你已经决定摧眉折腰去给人家投简历了，你已经向对方示弱了，该拍的马屁也都拍了，该尝的冷眼你也尝了，为什么还要在信里夹带私货，暗搓搓地骂人呢？要隐居，咱们就好好隐居，谁的马屁都不拍，一封简历都不投，岂不美哉？要求名，咱就好好地写简历，好好维护人脉资源，提升专业能力，认真严肃地经营职业生涯，岂不快哉？

左右都是路，怎么选都没毛病。

李白的悲剧在于，把这两条路掺和到一块了。《上安州裴长史书》呈送对象是时任安州长史的裴宽，在信中，李白首先向裴宽讲述了自己的出身、读书、婚姻情况、游历见闻和舆论对自己的评价。

仿佛小论文一般，李白在这封相当于简历的信里，有理有据地论证了自己的优点和可取之处。一千个人眼中有一千个李白，借助这封信，我们终于得以一窥李白自己眼中的自己。虽然这只是封干谒信，但它的目的是取得主流价值观或主流社会的认可，因此从社会属性上来说，它的内容更加“真实”。

概括说来，李白认为自己至少有这些优点：家世尊贵、学养深厚、创作勤奋、志向高远、见多识广、人缘绝佳、婚姻稳定、轻财好施、存交重义、养高忘机、天才英丽、文笔动人。

家世上来说，李白自称的“世为右姓”恐怕不太靠谱，他这个李跟朝廷的李不管是不是一个李，可以留给学者争论，我们只需要知道，在朝廷的族谱里，李白跟李隆基的李没有半点关系。然而，当时是一个连举人都称作“进士”，从而进士只能称“前进士”的年代，汉魏以来的门阀余风尚未消亡殆尽，人人争夸门第，个个巴结套磁，李白岂能免俗?

学习方面，“五岁诵六甲，十岁观百家。轩辕以来，颇得闻矣。常横经籍书，制作不倦，迄于今三十春矣。”从小志向高远，成年便游历四方，读书时由于受到司马相如的影响，来到楚地一观云梦风姿，不意被许家招为孙婿，就此在湖北安陆（安州）定居。

根据李白信中的描述，他早年东游，可以用挥金如土来形容：“曩昔东游维扬，不逾一年，散金三十馀万，有落魄公子，悉皆济之。此则是白之轻财好施也。”李白这两句不是夸耀自己的财富，而是极力向裴宽表白自己轻财好施的美德。

早年的旅途中，蜀中好友吴指南客死湖北洞庭湖，李白为之痛哭流涕，炎热的夏季，伏在朋友的尸体上，泪流尽则继之以泣血，猛虎前临，不为所动，临时将友人埋于湖畔。多年之后再到洞庭，挖开坟墓，遗骸尚在，李白徒步将吴指南的遗骨安葬于鄂城之东。

李白在信里提这件旧事，是为了向裴宽证明自己“存交重义”的美德。

又，李白曾经和逸人东严子隐于岷山之阳，养奇禽千计，呼之即来，一点都不怕人。这段养鸟经历，是为了证明自己“养高忘机”。

紧接着，李白向裴宽介绍了自己在社会上的口碑。礼部尚书苏公出为益州长史，李白半路投刺求见，苏公待以布衣之礼，当众夸赞李白曰：“此子天才英丽，下笔不休，虽风力未成，且见专车之骨。若广之以学，可以如比肩也。”苏公评语中“专车之骨”的典故来自《国语》中孔子讲述的故事：“昔禹致群神于会稽之山，防风氏后至，禹杀而戮之，其骨节专车，此为大矣。”意思是，防风氏的骨节可以装满一辆车，可以说非常大。苏公在李白身上看到了“专车之骨”，说明李白身上有着巨大的潜力，是潜力股无疑。

安陆郡前任郡督马公，一见李白便许为奇才：“诸人之文，犹山无烟霞，春无草树。李白之文，清雄奔放，名章俊语，络绎间起，光明洞澈，句句动人。”先不说李白是否如评语所说的那么优秀，单是马公的评语本身已经很动人了，漂亮的比喻跟不要钱似的：别人的文章就像光秃秃的赤裸裸的山，或者荒凉乏味的春天。李白呢？他的文章清雄奔放、金句频出、连绵不绝、闪闪发光、晶莹剔透，每一句都让人心动。

在文学方面，李白自评“颇工于文”，这个评价没人反对。

在证明完自己的家世、美德和才艺之后，像所有人一样，接下来是不可或缺的拍马屁环节：裴公您不但品德“贵而且贤”，颜值也非常高，“鹰扬虎视，齿若编贝，肤如凝脂，昭昭乎若玉山上行，朗然映人也。”您的牙齿像洁白的贝壳，您的皮肤细腻如洁白的油脂，你闪闪发光的样子，像极了玉山上行，亮瞎了我的眼睛。更重要的是，您“高义重诺，名飞天京，四方诸侯，闻风暗许。倚剑慷慨，气干虹霓。月费千金，日宴群客。出跃骏马，入罗红颜。所在之处，宾朋成市。”

像所有干谒文一样，李白的溢美之词有点过，包括牙齿和皮肤在内的外貌描写，对裴宽而言，真的会十分受用吗？我怀疑李白在这段吹捧里有炫技的成分，写着写着上了瘾，不得已只能一股脑地吹下去。总之，行文至此，李白的干谒文虽然文笔华美，但从结构和内容上看，与别人的干谒信并没有本质的区别，也就是说，李白很清楚怎样写一封干谒文，也知道怎样的干谒文会有效。按照这个节奏，以李白的天资，他的发迹只是迟早的事。

可惜的是，到了最后一段，李白还是没能忍住。

> 愿君侯惠以大遇，洞天心颜，终乎前恩，再辱英眄。白必能使精诚动天，长虹贯日，直度易水，不以为寒。若赫然作威，加以大怒，不许门下，遂之长途，白既膝行于前，再拜而去，西入秦海，一观国风，永辞君

侯，黄鹄举矣。何王公大人之门，不可以弹长剑乎？

——《上安州裴长史书》

开头不卑不亢的自我推销，足以引起对方的尊重；后面虽然略有过火但谦卑有余的吹捧，则很有可能赢得对方的好感。尊重加好感并不意味着一定功成名就，但李白上书的目的难道是得罪对方吗？如果不是，在几乎已经完成的书信上，李白为何要添上这严重减分的最后一段？

李白在最后一段，表达了这个意思：如果你不录用我，我将一飞冲天，西入京都，再不相见。此处不留爷，自有留爷处，哪个王公大人的门前，不可以弹剑作歌？

从应用文的角度看，这段充满情绪化的内容完全没有必要。从实用主义的角度看，这么一写，前面的马屁岂不是白拍了？从马后炮的角度看，这会不会正是李白怀才不遇的原因所在呢？

哪里出了问题？自尊在作祟。

年轻人一无所有，世界掌控在中老年的手里。年轻人又并不是真的一无所有，年轻人有着所有中老年人都望尘莫及的自尊心。啥都没有，凭什么有那么强的自尊心？之所以有那么强的自尊心，就是因为啥都没有。匮乏、贫穷、卑微、畏惧，向来是自尊心最亲密的伙伴。

大唐的宰相张说，大概每天都能收到无数封辱骂自己信，来自王泠然那样的愣头青的臭骂，对宰相而言，实在是家常便饭。张说可以回骂，也可以想办法罗织罪名好好整一整他。张说的做法是，可以，但没必要。

大唐的李白，好多人都夸他，但是也有一些看不惯他的人，或者夸他夸得不够猛的人，这些人并没有做错什么。然而，李白他一介布衣，总觉得低人一等，在给裴宽的书信里，“布衣”“野人”之辞多少有些刻意。求人办事，本来就不好意思，卑微至极，于是转为狂傲。

刚刚在干谒文里写“伏惟君侯，贵而且贤”，忽而“安能摧眉折腰事权贵，使我不得开心颜”。

刚刚在干谒文里写“浴兰沐芳，自屏于烹鲜之地，惟君侯死生”，忽而“舒州杓，力士铛，李白与尔同死生”。

到底要不要摧眉折腰事权贵？

到底是和“君侯”共死生，还是和酒具共死生？

这种问题，其实没必要让李白本人亲自回答，提问者自己何尝不知道答案呢？

宋人洪迈说李白：“大贤不遇，神龙困于蝼蚁，可胜叹哉！”意思是，本来是条龙，可是不知道为什么，却活成了一条虫；意思是，本来拿了俩王四个二，可结束的时候仍然被洗白。

渴望拥有一切，可无知狂妄不受约束的年轻的心，它横冲直撞。年轻不可怕，热泪盈眶也不可怕，可怕的是，永远年轻，永远热泪盈眶——可怕的是，像李白那样，一生横冲直撞。

本来可以做一个循规蹈矩、做官发财、普普通通、偶尔担惊受怕、总是化险为夷、趋利避害、进退得当、全唐诗里基本没有诗歌入选、历史书里总是一笔带过、妻妾成群、儿孙绕膝的庸俗的人，李白偏偏选择了做李白。

从俗人的眼光看，李白亏大了。

至死不渝

李白上书的对象裴长史，并不是游戏中可有可无的 NPC，他是史上最优秀的职业官员之一。

《旧唐书》有裴宽传：“宽通略，以文词进，骑射、弹棋、投壶特妙。”刺史韦铣为按察使时，引裴宽为判官，欣赏其“清干善于剖断”之才，以女妻之。时任中书令张说欣赏裴宽“明识”，举荐为刑部员外郎。有“万骑将军”之号的马崇白昼杀人，裴宽秉公执法，谁说都不好使。

“宽性友爱，弟兄多宦达，子侄亦有名称”，家族在东京洛阳聚居，八座院落相对，每到饭点，击鼓而食，老百姓都觉得，他们家的日子，真是无上恩宠。玄宗回京，改裴宽为蒲州刺史，州郡久旱，可裴公一入蒲州境，上天立降甘霖；“迁河南尹，不附权贵，务于恤隐，政乃大理。”

“宽以清简为政，故所莅人皆爱之，当时望为宰辅。”之所以来到安陆，是遭人陷害及亲人所累，裴宽被贬为“安陆别驾员外置”。

以才华、人品、官声、业务能力论，裴宽的简历堪称完美。令人感慨的是，在大唐的盛世里，竟然连裴宽这样的人都混不下去。既如此，那“盛世”两个字，又究竟“盛”在哪里呢?

一辈子官场生涯，裴宽什么阵仗没有见过？当朝权相李林甫把裴宽视作眼中钉，即便在由李林甫组织的诬陷之下，裴已被贬到安陆，李林甫仍然放心不下，把他视作必须除掉的对手——李林甫仍派出杀手对裴宽实施刺杀，“林甫使罗希奭南杀李适之，纡路至安陆过，拟怖死之”，准备通过恫吓来逼死裴宽。

当时的裴宽显然并不想死，幸好罗希奭也是性情中人，居然在裴宽的叩头哀求之下，“不宿而过”。

宦海浮沉数十载，据理力争、怒发冲冠有时；委曲求全、百般斡旋有时；百口莫辩、心如死灰有时；明枪暗箭、生死存亡有时。一生不畏权势又如何？晚年的裴宽，在死亡面前，不得不像一条可怜的丧家犬一样摇尾乞怜，求杀手给自己留下这衰老的生命。

到处都是烦恼，到处都是敌人，到处都是恐惧，到处都是麻烦，谁又能真正超脱？这样的时刻，一个叫李白的年轻人给你写信，吹捧你“倚剑慷慨、气干虹霓”的英雄气概，夸赞你仿佛凝脂的细腻皮肤，请问你会有什么感想？

这样的裴宽，不可能会喜欢李白来信里洋洋洒洒的漂亮字眼，尤其是最后一段看上去幼稚可笑的“威胁”。在这样一位饱经风霜的老玩家面前，李白的“初生牛犊不怕虎”或者“天生我材必有用”并没有错，只是，轻薄极了。

李白像一个向往江湖的农夫，但他不知道江湖是什么，江湖的血雨腥风，他从来没有考虑过，或者说，他当时还没有考虑官场错综复杂关系所需要的知识和经验——他不是不想考虑，他没有考虑那些问题的能力。

裴宽品行端正，政绩突出，深受朝廷倚重和地方士民爱戴，在做官这件事上，他干得异常出色。事实上，就连遭到李林甫的刺杀，也是他“咎由自取”：太优秀，太正直，于是遭到嫉妒，宵小们对他感到畏惧，必欲除之而后快。杀手之所以临阵放弃，也是裴大人一生德行护佑的结果：这是个好人，杀不得。

唐玄宗说裴宽：“德比岱云布，心似晋水清。”

从韦铣的“以女妻之”，到张说的“举而行之”，再到玄宗亲自赏赐紫金鱼袋，再到官履所至，裴宽是“人皆爱之”。全天下的人，除了那些极少数公认的坏人之外，都爱裴宽。相较之下，李白的待遇差了点意思，“世人见我恒殊调，闻余大言皆冷笑。”

如果你是皇帝，你会录用李白为官吗？如果你是当时的裴宽，你会被李白的书信打动吗？如果你是大唐的子民，你会想要一位李白这样的行政长官吗？

李白是个文学天才和罕见的有趣的人，可是讲到从政，李白又有何德何能？

即便做到翰林之位，也不过短短的一年多便弃官而去。政绩是没有的，我们听到的传说，最多的是他如何的戏弄贵妃、太监和权臣，如何的视朝廷如儿戏，如何的陪皇帝写情诗。

从政绩的角度看，李白甚至还比不上前文那个更加狂傲甚至透出猥琐的王泠然。

王泠然虽然是从九品下的郎官，但他一生效力于朝廷，虽然终生没做过大官，但他死在了自己的任上。从一开始理直气壮地找领导要官，到后来成为芝麻小官，王泠然怨言不断，但他真的喜欢当官，哪怕不爽，他也当了一辈子。用庸俗的话讲，没有功劳也有苦劳，王泠然对得起自己的初心，以大唐给他的待遇看，他一辈子的努力大概也对得起大唐吧。

与王泠然比，李白就是个玩票的，他很不尊重官吏这个职业。李白有很多做官的朋友，大官小官都有，他爱的不是他们做官的身份，他只是恰好交到了一个朋友，那个朋友的职业恰好是做官而已；李白对“官”并没有什么意见，但他终究把“做官”这件事看得儿戏了。

无论从个人的荣华富贵铁饭碗的角度看，还是从造福一方为民请命的角度看，做官这件事都应该是一件严肃的事。严肃，意味着专业、忍耐、积累、复杂和不那么自由。

李白想要和裴宽交换人生吗？大概不会。李白羡慕的只是裴宽的高位，那位置的后面是什么，李白并不想了解——因为太麻烦了，太沉重了，太琐碎了，一点都不爽快。

晚年的裴宽想要和李白交换人生吗？大概会吧。裴宽几乎丢掉性命之后，一度想要出家为僧，在荒郊野庙里了此残生，这是真诚的愿望，从心底冒出来的渴求，是绚烂至极、心如死灰的救赎。史书上对他的动机讲得很清楚，“惧死”：“宽又惧死，上表请为僧，诏不许。然崇信释典。常与僧徒往来，焚香礼忏，老而弥笃。”

造化弄人，最终裴宽还是没有当上和尚，只能烧烧香、谈谈佛，“徒有羡鱼情”。孟浩然年轻时所羡慕的，是裴宽这样的人，不料有一天裴宽也会羡慕孟浩然的“白首卧松云”。

孟浩然之所以“红颜弃轩冕”，不是真的缺乏机遇，只是在机遇来临之前就已经做了决定，他自己选择了山水与田园。多年之后，好友王昌龄路过孟浩然隐居的鹿门，孟浩然欣喜若狂，“浪情戏谑，食鲜疾动，终于冶城南园。”——背上的毒疮快痊愈的时候，一顿纵情饮宴直接导致病情恶化，在五十二岁的年纪死于南园。

裴宽之所以拼尽全力，一生与权贵争斗，努力做一个无愧于心的官，光耀自己的家族和门庭，也是他自己毅然的选择。与孟浩然的区别是，到晚年的时候，裴宽后悔了。

裴宽后悔的时候，皇帝没有给他选择的机会，皇帝的考虑是：既然你这么会当官，为什么要做和尚呢？“累迁东海太守、襄州采访使、银青光禄大夫，入拜礼部尚书。十四载卒，年七十五。诏赠太子少傅，赙帛一百五十段、粟一百五十石。兄弟八人，皆明经及第，入台省，典郡者五人。”——这样的结局，这样的人生，有惊无险，不算太差。

与裴宽的晚年顿悟相比，李白的仿仙学道，更像年轻人骑车去拉萨涤荡心灵——不是说那不好，不是说那不应该，不是说那不痛快，只是太浅。不是说浅不好，不是说浅没价值，但浅终究是浅，没什么深度，没那么真实，不怎么能打动人。

伟大的事业，荣耀的地位，不羁的自由，长生的快乐，世人的称颂，帝王的器重，痛饮的放浪，修行的寂寥，朋友的欢聚，心底的骄傲，李白想同时拥有。艰苦的求索，耐心的练习，琐碎的积累，谨慎的经营，漫长的忍耐，荒诞的仪式，精巧的伪装，不得已的妥协，李白一个都不想要。

好巧啊，跟你我一样。

小时候，很容易喜欢李白，就像少女们很容易被骑破摩托的小混混吸引。

长大了，会觉得裴宽那样的人生，才是勇敢者的道路，因为这一生，他为了什么重要的东西，忍耐过。

在李白的那个年代，干谒权贵并不算一件丢人的事。一个年轻人干谒官员名士，就像今天一个大学刚毕业的孩子在各大网站疯狂海投简历一样，这种敲门自荐争取进身之阶的个人营销，让很多年轻人获得了社会阶层迁移的机会，从这个方面说，干谒得以成为备受年轻人热衷的活动，恰是隋唐之世最珍贵的特质之一。

被干谒的裴宽们没有问题，干谒本身也没有问题，李白有点小问题：超出常人的自负，是李白一生最大的拦路虎，这种自负年轻时最为显著，年老时仍未消散，至死不曾改变。

李白年轻时的干谒活动很多，“十五好剑术，遍干诸侯”。在干谒这件事上，他曾经拦住大官的路，勇敢上书，搞出过类似拦轿告状的血气方刚之举，孤注一掷的勇气为他赢得了上文苏公的赞誉：“此子天才英丽。”

为了进身，李白充分利用了自己一天中难得的清醒时间，花费心力，认认真真地写过许多干谒权贵名士的诗文，但这些诗文都有一个共同的毛病：开头把自己夸耀得过高，结尾又常带威胁。这种行文风格，读信的高位者们不喜欢，一点都不奇怪。

王泠然的干谒文说自己是难得的进士，“天下进士有数，自河以北，唯仆而已，光华藉甚”，言语虽不甚谦恭，但人家起码并没有一味地夸大其词——他确实是进士，进士确实很难考，这些都是基于客观事实的自我炫耀，是一般人都可以理解的自抬身价行为。

再看李白的干谒文，动辄将自己类比为管仲、乐毅、鲁仲连、刘桢等古之圣贤，动辄将自己比喻成大鹏、天马，这种毫无根据的吹嘘与自负，真的很难打动具有务实精神的官吏。“大鹏一日同风起，扶摇直上九万里。”这样的句子出现在给李邕的干谒诗里，并不是很理智的行为。

上李邕

李白

大鹏一日同风起，扶摇直上九万里。

假令风歇时下来，犹能簸却沧溟水。

世人见我恒殊调，闻余大言皆冷笑。

宣父犹能畏后生，丈夫未可轻年少。

别人看到我天天说大话，对我报以冷笑。那我为什么还能谈笑自若、心安理得地说大话呢？因为我相信，真正的大丈夫，都懂得莫欺少年穷的道理。那些笑话我的人，他们有病，不是坏就是蠢，根本不值得搭理。李白那时候大概二十岁上下，正处于敏感骄傲的巅峰，在写这首诗之前，他应该已经和时任渝州（重庆）刺史的李邕接触过，李邕对他的印象和态度都很一般。于是，和王泠然给高老师的信一样，李白的这首赠诗里也有对李邕的怨气，以及情不自禁的威胁。

一个二十岁的男孩，有狂傲的资本，李邕不喜欢李白，但他不能不羡慕李白。无拘无束的青春，做事不需要理由的年少，哪怕犯了错，那错犯得也特别过瘾。大把的机会，大把的时光，大把的未来，等着你去挥霍。此时不嚣张何时嚣张？此时不狂何时狂？

李白令人震惊和不得不服的地方在于，到了六十多岁，临死的那刻，回望这一生，他仍然和二十岁时一样，仍旧坚定地认为自己就是大鹏，李白临终诗里有这样的句子：

临路歌

李白

大鹏飞兮振八裔，中天摧兮力不济。

馀风激兮万世，游扶桑兮挂石袂。

后人得之传此，仲尼亡兮谁为出涕。

所谓的心如铁石、志比金坚、耿耿于怀、至死不渝，不过如此。你知道李白的一生都经历过什么吗？丧妻、飘荡、安史之乱、嘲讽冷眼、无数挫折、无数生死考验，杨贵妃的容颜、永王的楼船、放逐的冷风、大唐的反面，他都见识过。六十岁之后的李白早已不是年少时坐井观天的李白，他见过了世上的一切，他积攒了一生的故事，他已经是个行将就木的老头子了。

然而，他还是不曾看低自己，他还是不愿意对命运投降。人之将死，李太白还需要通过吹牛来换一些关注度吗？人之将死，李太白还需要用狂言炒作人设吗？如果答案是否定的，那么我们只能相信，这是来自李白心底最真实的声音：我李白就是牛，不服来战。

死前三年，即将六十整的李白刚刚遇到大赦，侥幸获得自由，他的雄心又立刻燃起。今天，六十岁是退休养老的年龄，可这样年龄的李白仍然在做那件他从年轻时一直在干的事情——干谒。甚至，他的手法、文风及老毛病都没有任何改变，仍然习惯于说大话，仍然习惯于把自己比喻成特别高大的事物：

赠崔咨议

李白

绿骥本天马，素非伏枥驹。

长嘶向清风，倏忽凌九区。

何言西北至，却走东南隅。

世道有翻覆，前期难豫图。

希君一翦拂，犹可骋中衢。

五十三岁的曹操形容自己是“老骥伏枥”，六十岁的李白觉得“伏枥”太过低端，那是凡马的㞞样子，我是天马，这一生骄傲地飞行，注定属于清风和长空。诗歌的末尾，六十岁的李白仍然希望得到推荐和重用，“希君一翦拂，犹可骋中衢”。

六十一岁，李白仍然没有放弃，他写了一首《赠刘都使》，把自己比喻成三国名士、建安七子之一的刘桢。之所以选择刘桢而不是孔融或徐干，大概是考虑到他和“刘都使”都姓刘，也许会让刘都使感到更加亲切。

赠刘都使（节选）

李白

所求竟无绪，裘马欲摧藏。

主人若不顾，明发钓沧浪。

和敲打李邕一样，和威胁裴宽一样，六十一岁的李白仍然改不了他文末一定要撂狠话的毛病：如果您不搭理我，我可要怒而隐居了，您可就没机会了。

一千多年过去了，不需要任何专业的文学知识，不需要高深的古文功底，每一个人，都能轻易读懂李白文字中那永远无法拂去的三个字：不甘心。眼看人生日暮途穷，被逼到绝路的李白甚至以六十多岁的高龄北上参军，结果可想而知。

宝应元年，即公元 762 年，李白那年六十二岁，卒。

如果李白真的想要进入幕府或者得到礼遇，进而施展抱负，可行的方法并不是没有。实际上，李白的命运很轻易就可以改变：他只需要在类似《上安州裴长史书》这样的干谒诗文里，去掉那些锋芒毕露的譬喻，另外，删掉最后一段。他不，他偏不，到死也不服。

正确的干谒应该是什么姿势？同时代的很多人给出了优秀的范本。

孟浩然最著名的作品，其实是一首干谒诗。

临洞庭湖赠张丞相

孟浩然

八月湖水平，涵虚混太清。

气蒸云梦泽，波撼岳阳城。

欲济无舟楫，端居耻圣明。

坐观垂钓者，徒有羡鱼情。

湖水浩荡，天地混沌，在云海翻腾、波涛汹涌的世界上，我是一个找不到船和桨的迷失者。就这样隐居不出，我也不是没有想过，但在这样的盛世里，做一个闲人，实在是令人羞耻。

我坐在岸边看那些钓鱼的人，心痒难耐，但是除了枯坐艳羡，我又有什么办法呢？

壮阔的诗句，稳健的笔力，不卑不亢的姿态，精准妥帖的诉求。一首合格的干谒诗，未必要怎样拍对方的马屁，未必要拼命践踏自己的尊严，只需心平气和，娓娓道来，孟浩然做到了。孟浩然科举坎坷，但他的京城人脉却丰厚异常，每一个人都爱他。做官的机会并不是没有，只是来得太迟，对已经顿悟的修行者而言已经毫无价值。如果孟浩然真的想当官，以这样的干谒诗水准，我相信他绝对不会缺少机会。

只不过，孟浩然终于释然了，那些衣冠如云的京华往事真正地过去了，像鸟儿飞过天空，空气在它尾后重新合拢。“释然”并不是一件容易的事，孟浩然再次做到了。这直接导致他笔下的一些诗句，李白、杜甫这样的热血儿郎到死都写不出来。比如，如此安静又如此寂寞的黄昏：“樵人归欲尽，烟鸟栖初定。”又比如，如此恬静，如婴儿呼吸般的夜色：“微云淡河汉，疏雨滴梧桐。”

诗人朱庆馀最出名的诗歌，也是一首干谒诗：

近试上张水部

朱庆馀

洞房昨夜停红烛，待晓堂前拜舅姑。

妆罢低声问夫婿，画眉深浅入时无。

临近考试，找领导套磁，讲究的就是一欲语还休、云山雾罩、婉转含蓄。以自己为新妇，领导为郎君，这种略带戏谑的“示弱”把敏感的套磁变成了撒娇卖萌的玩笑，拿到这首诗的张水部老师一定忍俊不禁吧。事实上，据说张籍非常欣赏朱庆馀的呈诗，并欣然回笔：

酬朱庆馀

张籍

越女新妆出镜心，自知明艳更沉吟。

齐纨未是人间贵，一曲菱歌敌万金。

你既然把自己比作新妇，我也只能按照夸女孩子的方法夸你了，你问我的妆容问题，我的回答是，世间一切的明媚都及不上你湖面上的新妆，人间一切的珍宝，都不及你的歌声。庸脂俗粉的映衬下，你是清流一般的越女；凡夫俗子的包围中，你是千金不易的人间精品。

这里，请允许我顺便吐槽一下朱庆馀的名字。这名字在唐朝诗人里不得不说有点土，充满了“庆余年”的欢快喜庆意思，简直像刚从春联里扒拉出来的，所谓“向阳门第春常在，积善人家庆有余”，所谓“人逢盛世情无限，猪拱华门岁有余”，看到他的名字，我第一反应居然是想吃饺子……

扯远了。总之，孟浩然、张九龄、朱庆馀、张籍们证明了一件事，那就是，在合适的礼仪之下，在得体的格式之下，在深厚的学养加持下，在微妙的氛围把握下，平民与高官，布衣与卿相完全可以平等对话，互相之间也可以生出友情般的欣赏和倾慕。

李白不相信有这样的干谒，尽管李白向来希望自己能够“平交王侯”，与权贵们平等相处，但他始终无法与地位比自己高的人建立起不卑不亢的平等关系，要么他屈居人下，要么他凌驾人上，在与权贵和高官们的交往中，“平视”这个角度，他似乎不知道如何使用。自卑与自负在心底纠缠，出山与入山在心头交战，李白迟迟下不了决定。

所有的纠结都是胸中漆黑处解不开的乱麻，发之于外，便是自负、不羁、浪荡和轻狂。

有的人一生不曾狂过，有的人狂着狂着便不狂了，李白愣是狂了一辈子。二十岁时，李白还未曾长大，便早已把狂浪不羁当成人生的审美对象；六十岁时，李白不再年轻，但他也不曾老去，倔强的诗句里，通篇写着“老子不服”。

大家都觉得李白不是个靠谱的人，他眼高手低，满口大话，应该没什么出息，但这样的评价有可能把李白说得过于浅薄。可能会有一些奇怪，但有时我真的觉得李白是夸父、诸葛亮、堂·吉诃德那样的人，这一辈子过得特别执着、特别倔强、特别玩命，飞蛾扑火，流星过天，硬生生扛下命运，一辈子都不曾真正服软。

李白活着的时候，他民间的狂热粉丝，除了魏颢，还有个叫任华的人。这个任华对李白的仰慕和喜爱远远超出了魏颢之于李白，甚至远远超出了杜甫之于李白。“任生知有君，君也知有任生未？”听说李白在长安，任华就去了长安，等他赶到的时候，李白又云游到了别的地方，这让任华感慨不已：“邂逅不得见君面。每常把酒，向东望良久。”有时人和人之间，大概真的要讲缘分，任华和李白都活在同一个朝代，但终其一生，他似乎都不曾有缘见到自己的偶像李太白。

然而，这个不曾见过李白的人，根据他对李白作品的阅读、朋友间相互的打听，以及街头巷尾各种关于李白的传闻，在托人给李白的信中，对李白下了一个评语：“数十年为客，未尝一日低颜色。”

意思是，李白不曾真的低头过。李白诗文中也有过浮夸的谀辞，面对皇帝和贵妃，李白应制的无聊之作，今天仍被津津乐道。这一切，任华当然听说过，但他仍然看透了李白的心，他知道那些卑微时刻，乃是每个肉身都有的不得已，李白不是神仙，他不可能在真空中活着，他只知道，李白并没有真的低头。

这个没见过李白的任华，也许是李白在大唐第一号知己。

李白与大唐，大概是老人与海的关系。

万一哪天可以穿越，想必很多人都会想见见李白。记住，在所谓“大唐盛世”的角落，街边杂乱的酒肆里，那个满面油光的酒鬼不是普通的小混混，他叫李太白，虽然这辈子没做出什么太大的政治成就，但我发自内心地希望你了解一点：他千真万确、的的确确、如假包换、名副其实地——

是个狠人。

美丽人生

清朝的黄景仁只活了三十五岁。他一生坎坷愁苦，终于声嘶力竭，死于贫病交加的颠沛路途之中。为了看病，贴身的衣物被典当殆尽，围绕尸体的只有一些断简残编。忧愁了一生的黄景仁，就这样狼狈地死在乾隆朝的盛世里。

1783年，黄景仁死的那年，也是英国被迫承认美国独立的那年。

黄景仁——有时候我们也喊他黄仲则，不是那种几千年来散见于各个乡村城镇的普通寻常的落魄文人。从所留的作品质量看，他是难得的作诗高手，是那种即便放到几千年的文坛之中亦应该有姓名的大家，是历史留给我们的心灵宝藏。黄景仁一生最大的成就在于写“愁苦”，在他之前，没有人能够想象，在天才诗人的笔下，即使愁苦悲哀，都可以那样魅丽精致、缠绵悱恻，让人想要反复吟咏。

癸巳除夕偶成 其一

黄景仁

千家笑语漏迟迟，忧患潜从物外知。

悄立市桥人不识，一星如月看多时。

除夕之夜，千家笑语，独立市桥，一星如月，看了多时。安详恬静的除夕夜，安静立在桥头的清瘦的人，莹莹的昏黄的星斗，这幅场景恬淡极了，谁都不知道，在暗处，在某颗心灵之中，兵荒马乱、狂轰滥炸、血浆涌起，一生千疮百孔，忧愁早就吞没了一切。

“悄立市桥人不识，一星如月看多时”的名句，严格说来，算不上绝对的原创。句里隐隐约约，有杜甫“此身饮罢无归处，独立苍茫自咏诗”、李中“羽客不知何处去，洞前花落立多时”、冯延巳“独立小桥风满袖”或周邦彦“立多时，看黄昏，灯火市”的影子。

杜甫不知何去何从，独立苍茫，也有愁意，但他好歹占了一个“饮酒”——只要还喝得起酒，人生就不算太苦。李中的“洞前花落立多时”纯属无病呻吟。冯或周的句子，颇像今日年轻人发在朋友圈的自拍照，无一张不美丽精致，只是，难免有自恋的小心思。

句里不乏前人的影子，但吟咏出口之后，前人只得拱手而退。唐宋大手笔，如此轻易地被一个清朝的年轻人折煞，如椽巨笔遇到黄景仁，竟纷纷落了下风，最狠的是，落下风的那些人中，还有一个号称“诗圣”。两汉魏晋唐宋元明清，群星闪耀，佳作如云，卑劣压抑的清朝何德何能？年轻瘦弱的黄景仁何德何能？更不用说当时的皇帝是乾隆了，这样一位铁憨憨的治下，凭什么可以诞生这么精彩的诗句？

顾随先生论诗，以为诗人可以分五种，曰出世、曰入世、曰蜕化、曰寂寞、曰悲伤。按照这个分类对号入座的话，孟浩然大概是出世的诗人，李白、杜甫大概是入世的诗人，黄景仁一定是悲伤的诗人。“五种诗人中，前四种都有点勉强做作，后一种最有人情味……孤独之极，是强有力还是悲哀？中国诗中表现的是后者。”

我们喜欢黄景仁的诗句，与其说热爱他的才华，不如说是迷恋他笔下的悲哀。

黄景仁的悲哀，不是汉魏“白骨露于野”的凄惨，不是大唐“路有冻死骨”的愤慨，是单纯的属于个人的微小到不足挂齿的悲哀。人的目光常常更愿意留在近处，人的情绪常常更容易被细碎的情怀打动，国家消失甚至人类灭绝所带来的悲哀，有时真的抵不上亲眼看见一个人安静的愁容。国恨家仇、桑田沧海离我们太远，看电影的时候，我们努力地想要共情，发现并没那么容易做到。

这时候，我们遇到了黄景仁。

绮怀 其十五

黄景仁

几回花下坐吹箫，银汉红墙入望遥。

似此星辰非昨夜，为谁风露立中宵。

缠绵思尽抽残茧，宛转心伤剥后蕉。

三五年时三五月，可怜杯酒不曾消。

有些年轻的女孩，乏味得像一碗没加酱油的牛肉面，但这并不影响她们在朋友圈里发出这句她们也许并不知道作者是谁的“似此星辰非昨夜，为谁风露立中宵”。这种社会现象，足以证明黄景仁的伟大，他以诗歌的力量，打穿了次元壁，用一句很庸俗的话形容，黄景仁“出圈了”。

即便那些大脑空洞、不爱读书、沉迷游戏、被阶层固化困于原地的特别年轻也特别肤浅的女孩，在生活的夹击之下，竟然也能从黄景仁的诗里得到安慰——她们不知道诗里有多少悲哀，她们看不懂那诗句有多么幻灭，她们还不曾尝过那种一生都无法填补的遗憾，她们还不曾真正知道人生的况味，但她们能够感受到，那是一首好诗——仅仅是字面上的意思，已经俘获她们的心。

即便那些骑着鬼火的无知少年，在没钱吃饭的日子，在兜里没有水泥无法斗舞的日子，在村口小卖部不再出售辣条的日子，在妇产医院隔壁的网吧还可以包夜的日子，他们偶尔也会从空间或票圈读到李白的诗句，并且被李白深深感动——“人生得意须尽欢，莫使金樽空对月。天生我材必有用，千金散尽还复来。”

爱李白的“鬼火少年”，一定也会爱上黄景仁，如果他们知道清朝还有一位值得一读的诗人的话。黄景仁的《少年行》，我觉得鬼火少年们读到之后，会恨不得将它文到后背上：

少年行

黄景仁

男儿作健向沙场，自爱登台不望乡。

太白高高天尺五，宝刀明月共辉光。

诗歌面前，人人平等。即使愚蠢幼稚，也有读诗并发朋友圈的资格，也会一不小心就被历史深处某个老儿随手写下的句子打动。人非草木，控制不住。

黄景仁的爱情，其实不算很特别，跟大部分人的爱情一样，充满了永远无法弥补的遗憾。爱情这鬼东西，我就没见过美满的：司马相如、卓文君这对CP，看起来浪漫得不得了，其实不过是司马老师骗钱骗色，糟老头子坏得很；创造出“举案齐眉”成语的梁鸿孟光两口子看起来还行，只是女孩长得太丑了，让人很难祝福得起来；董永七仙女，小流氓偷看女孩洗澡，可耻至极；许仙白娘子，人蛇一窝，不能细想；项羽虞姬，说起来算美人英雄，可是这样过把瘾就死的故事，仔细想想，其实并没有什么意思。

黄景仁的爱情，和所有年轻人的爱情一样，缠绵悱恻，幽愁暗恨，耿耿于怀。

然而，与亲情相比，与居家过日子相比，与上有老、下有小的细碎日常相比，爱情所带来的痛苦和折磨，立刻变得像一碗传统牛肉面中的牛肉那样，变得空洞虚无，不值一提，无迹可寻，仿佛从来没有存在过。

别老母

黄景仁

搴帷拜母河梁去，白发愁看泪眼枯。

惨惨柴门风雪夜，此时有子不如无。

老母亲的白发泪眼，谁忍注目？“柴门风雪夜”其实说不上太惨，天下寒士，哪个不曾领教？最惨的是诗人拜别慈母的悲鸣，“此时有子不如无”，一句话把悲哀写到了骨髓里。如果不曾有子，就不会有这一番白发送行的悲哀；如果不曾有生命，就不会有这一晚风雪连天的感慨。

现在的人可能会诧异，不过是生离别，又不是不回来，何以如此悲哀？要知道，那不是我们工作出差的离别，也不是长途旅行的离别，甚至跟我们背井离乡打工的离别也不同，那是被生活无情驱赶的离别：黄景仁的一生都在为养活全家而奔波，一刻都无法停下，否则，全家就会有饥寒之忧。生在人间，黄景仁疲倦至极，但又无处可退。

都门秋思 其三

黄景仁

五剧车声隐若雷，北邙惟见冢千堆。
夕阳劝客登楼去，山色将秋绕郭来。
寒甚更无修竹倚，愁多思买白杨栽。
全家都在风声里，九月衣裳未剪裁。

全家都在风声里，九月衣裳未剪裁。只一句，人人堕泪。

为了生活，黄景仁走遍了大江南北，两条腿奔波不停。这个常州人的游踪一度来到敝乡颍州，面对醉翁、髯翁都曾驻足过的颍州西湖，黄景仁的愁绪并没有有所缓解。小时候我就知道每天路过的这汪西湖不简单，说起往昔的阔气，似乎一点都不比杭州西湖逊色，但那时我并不知道，有个叫黄景仁的年轻人当年来这里时，心境竟然有那样的悲哀。

在我们本地人眼里司空见惯的水，在旅游市场竞争中略显落寞的景区，竟然见证过那么多伤心。白娘子说杭州西湖的水是她的泪，颍州西湖的水中也不乏泪水。其实，五湖四海乃至几大洋的水中，都有历朝历代不知姓名之人的泪水。人间伤心，吾辈来此，悔之晚矣。

颍州西湖（节选）

黄景仁

若教麻姑海上见，即此亦是沧桑流。

柳亭葵社共阒灭，令人一一悲山丘。

吾曹沦落偶流寓，姓名寂寞谁相收。

一杯公等起今日，更放何人出一头。

苦归苦，累归累，黄景仁仍然凭借其不落流俗的诗才，被人们当作清朝诗人中最特别的一位，稳稳位于有清一朝诗人的前列，甚至被视作“李太白第二”或者“清朝版本的李太白”：“自湖南归，诗益奇肆，见者以为谪仙人复出也。”

认真说起来，黄景仁之才，未必就逊色于李白。

李太白“五岁诵六甲，十岁观百家”“十五观奇书，作赋凌相如”，其实吹牛的成分更多一些，没有太多的佐证，黄景仁的简历则硬实多了：九岁的黄景仁就能写出“江头一夜雨，楼上五更寒”的名句，虽然杜甫自称“七龄思即壮，开口咏凤凰”，但七岁的杜甫吟咏凤凰的诗篇我们毕竟不曾见到，九岁小黄景仁的五更夜雨，我们却可以尽情地跪着领教。

李太白以大鹏、天马自居，但这都是对自我价值的单方面肯定，他一生都没有参与过类似高考那样的真刀真枪的残酷竞争。按照李白的想法，科举应试是为“凡马”而设，他天马放纵，如何肯屈就于闱场？尽管我特别能理解太白的傲气，也深知科举的弊端，我甚至和你一样，对那些仅有应试之才的低能儿嗤之以鼻，但黄景仁“十六岁应童子试，在三千人中夺第一”这件事仍然让我感到肃然起敬。

当然，这种才学高下的比较，大部分只是茶余饭后消遣的游戏，李白和黄景仁都是独一无二的，强行比较并没有太大的意义。退一万步讲，即便李白的才华真的不如黄景仁，那么，他若泉下有知，其实也没有任何介怀的必要，因为无论我怎样夸赞黄景仁，都无法改变一个事实——

黄景仁一生最服气的人，就是李太白。他对李白的仰慕热爱，几乎到了痴狂的地步。我们形容热恋的对象，常常用“梦中情人”四个字，说出来可能有点夸张，最常进入黄景仁梦境中的人，恰恰是李太白。甚至，黄景仁曾经明确表示，如果我死了，请把我埋在李白身边：“笑看樵牧语斜阳，死当埋我兹山麓。”

公元 762 年，六十二岁的李白死于安徽当涂。

一千年以后的公元 1772 年，二十四岁的黄景仁在安徽采石矶“太白楼”即席赋诗，席上即兴所作名篇《笥河先生偕宴太白楼醉中作歌》人人传抄，名震江南，“一日纸贵焉”。

笥河先生偕宴太白楼醉中作歌

黄景仁

红霞一片海上来，照我楼上华筵开。

倾觞绿酒忽复尽，楼中谪仙安在哉。

谪仙之楼楼百尺，笥河夫子文章伯。

风流仿佛楼中人，千一百年来此客。

是日江上彤云开，天门淡扫双蛾眉。

江从慈母矶边转，潮到然犀亭下回。

青山对面客起舞，彼此青莲一抔土。

若论七尺归蓬蒿，此楼作客山是主。

若论醉月来江滨，此楼作主山作宾。

长星动摇若无色，未必常作人间魂。

身后苍凉尽如此，俯仰悲歌一徒尔。

杯底空余今古愁，眼前忽尽东南美。

高会题诗最上头，姓名未死重山丘。

请将诗卷掷江水，定不与江东向流。

当年李白抵达安徽宣城，登临以谢朓命名的“谢朓楼”时，能否想到一千年以后，更有后人慕名登临以自己的名字命名的“太白楼”？当年李太白信笔发出“神女去已久，襄王安在哉”的感慨时，能否想到一千年以后，更有后人追问“楼中谪仙安在哉”？

“青山对面客起舞，彼此青莲一抔土。若论七尺归蓬蒿，此楼作客山是主。”

人事代谢，往来古今，雪泥鸿爪，白驹过隙，本就是人间寻常。

白香山有诗：“可怜荒垄穷泉骨，曾有惊天动地文。”

韦浣花有诗：“李白已亡工部死，何人堪伴玉山颓。”

过李白墓时，黄景仁留下了两阙《贺新郎》。

贺新郎·太白墓和雅存韵

黄景仁

何事催人老？是几处、残山剩水，闲凭闲吊。此是青莲埋骨地，宅近谢家之朓。总一样，文人宿草。只为先生名在上，问青天，有句何能好？打一幅，思君稿。

梦中昨来逢君笑。把千年、蓬莱清浅，旧游相告。更问后来谁似我，我道：才如君少。有亦是，寒郊瘦岛。语罢看君长揖去，顿身轻、一叶如飞鸟。残梦醒，鸡鸣了。

这词里最让人伤心的是开头那句“何事催人老”，别人都能写这句，唯独黄景仁不能写，他既然敢写，我就敢哭出声来。何哉？因为青年即死去的人有一个特权，他不曾老去过，不曾说过老人常说的那种怯懦的话，不曾有人见过他老去的样子，这也意味着，他将不得不永远年轻。

黄景仁不关心李白人生中那些不顺心的事，他只是崇拜李白的诗才，他埋怨李白：你写那么好，让别人怎么活？他幻想李白向自己提问：小黄啊，后人当中有没有像我这样的人？他幻想自己可以回答李白的提问：就算有，也是孟郊贾岛吧。

如果我是孟郊或贾岛，听到黄景仁如此慷慨的评价，恐怕要激动地破棺一聚。

别人都觉得黄景仁诗风奇崛，与众不同，像武林中人看令狐冲使用独孤九剑，却猜不到那绝技的来历。按照黄景仁的说法，他一生作诗，都是在学李太白，“我所师者非公谁？”李太白平生孤傲，不肯低头，除了谢朓，所谓“一生低首唯宣城”是也。那么，黄仲则又何尝不是“一生低首唯青莲”呢？

李白墓旁，自幼熟读太白诗的黄景仁感慨壮烈：“呜呼有才如君不免死，我固知君死非死。长星落地三千年，此是昆明劫灰耳。”李白的诗与酒，让黄景仁五体投地：“醒时兀兀醉千首，应是鸿蒙借君手。乾坤无事入怀抱，只有求仙与饮酒。”当然，谈到李白时，你很难回避杜甫，黄景仁也很喜欢杜甫，曾经追访过杜甫的遗踪，但他对杜甫的喜爱显然不像对李白的喜爱这样纯粹，他终究对杜甫有点意见：“终嫌此老太愤激。”

心疼杜甫，杜甫不哭。死忠粉丝的双标向来都是这样残酷。

李白比杜甫老多了，黄景仁不称“彼老”，杜甫比李白年轻多了，黄景仁却称其为“此老”。请问，谁一生下来就是小老头？杜甫难道就没有年轻过吗？根据专家考证，人家杜甫一生至少有三十四种不同的称呼，“浣花”这样的名字难道真的那么拗口吗？何以顾随先生张口闭口就是“老杜”，黄景仁一言不合就是“此老”？李太白究竟哪里好，为什么没有人喊他“老李”“老太”或“老白”？

最让人觉得心疼的，是黄景仁居然嫌弃杜甫“愤激”。论愤激，谁能比得上你家爱豆李太白老师，“我且为君槌碎黄鹤楼，君亦为吾倒却鹦鹉洲”这样的句子都写得出来，你竟然视若无物，还嫌弃杜老师激愤？

臭味相投、一见如故之后，别人都变成路人甲，诗圣来了都不带给面子的，此是人情所在，不服也得忍着。有些人说不上哪里好，爱上之后，其他人居然都不见了，真奇妙呀真奇妙。

从诗到人，我们不得不承认，黄景仁身上，确实有那么几分李太白的影子。

李白活在盛唐，黄景仁活在乾隆朝，两个时代都被称作“盛世”。两个相隔一千年的历史上最有名的盛世里，两个同样才华横溢的男人竟然无一例外地怀才不遇、颠沛流离，郁闷到白头，愁苦到吐血。这样诡异的事情，让我怀疑“盛世”两个字其实不是什么好词，说不定跟骂人没什么区别。唐玄宗沉迷女色以至国破，清高宗是个败家子，李、黄这两位千年梦魂之交，摊上这俩奇葩皇帝，也是难得。

李白的“狂”，黄景仁也学，据说黄年少时也狂得不要不要的。

然后是结局，两个人都可以说是“郁郁而终”。李白做过翰林，发现不过是陪皇帝闹着玩；黄景仁做过县丞，却发现那点工资根本养不起妻小。一生短暂如流星，哀愁郁闷间，死亡倏忽而至，再也没有尝试的机会，再也没有独立小桥的诗人，再也没有胡乱举起的酒杯。

如果有平行世界，我相信李白和黄景仁真的有可能是一个人；如果有穿越这回事，我愿意相信，清朝的黄景仁是李太白穿越而来。——这两个人的诗歌固然不同，但他们人生的范儿和吃过的苦，实在是太像了。

唐朝的李白、杜甫、高适，清朝的黄仲则，他们的作品，乃至所有流传至今的古诗作品，我们都可以安静地欣赏。拥挤的地铁，喧闹的酒吧，当你拿出一本竖排的古人诗集或者那个买来三个月之后仍然在用的 kindle，读一首被大部分人遗忘的古诗，如果正好被我看见，我想，我会被你惊艳到。繁忙焦躁的时代，人们更倾向于用声色堵塞五官，特别让我费解——这样的时代，明明更应该读诗才对啊。

诗歌和诗人不同，对李白、杜甫、黄景仁这样的人而言，在诗歌之外，他们本人也早已成为审美对象。

我们当然会忍不住喜欢高适“相看白刃血纷纷”的句子，或者曾经从那首《别董大》里获得力量：“莫愁前路无知己，天下谁人不识君。”因为戳心的文字，正常的人都无法抗拒——你无需知道作者是谁，你无需知道作者是好人还是坏人，你无需知道那些诗写于何朝何代何时何地，读到了，就是读到了。看哭了，赖也赖不掉。然而，如果抛开诗歌，把高适和李白、杜甫放在一起时，把人当成审美对象，大部分人会喜欢李白或杜甫，高适根本没有赢取好感的机会。

原因是，高适没有故事，或者说，他那点故事，太过平淡，根本不够打动人。高适的一生有什么呢？年轻时怀才不遇，当过兵，吃过苦，遇到过一些挫折，后来发迹，当官封侯，像绝大部分人那样，死在家里的卧榻上。

这是一个幸运儿和成功者的人生，高适本人未必会反对这样的人生，但从旁观者来说，略显平淡。年轻人哪个不吃苦？年轻人哪个不抱怨？在漫长的奋斗和历史机遇的加持下，取得事业的成功不是应该的吗？再说了，你官高位重，实现了你的大唐梦，跟我又有什么关系？没劲。

相较而言，李白、杜甫的故事太多了，也动人多了。

梁园之游，明明李白、杜甫、高适一起参加了，但人们老是不爱提高适，因为高适成功了。老百姓习惯了居高临下，读书人习惯了感慨唏嘘，你一个成功者叫我怎么审美？

人们喜欢看激烈对抗的电影，生死一瞬，血浆横飞，全片的气氛越紧张，观众心中的快感越强烈。如果把鼓掌和欢呼最激烈的观众送进电影里，让那些炮弹在他身边爆炸，让那些怪兽在他背后怒吼，让那些虫子在他身上乱爬，让那些巨石在他脚下崩塌，让那些利刃穿过他的心脏，他会不会乐意呢？

李白的坎坷人生，因为充满了荒诞的奇遇、激烈的对抗、强烈的情绪反差，从而成了人们的审美对象。观众们读李白的故事，从来都不会考虑李白是否乐意做李白，或者，李白是否乐意做观众们脑海中建构出来的李白，观众们只是觉得：这哥们儿有点意思。

审美这个事儿只有一个讲究，叫“文似看山不喜平”。从审美上说，高适、裴宽们没啥意思，李白、杜甫们度过了值得人们反复回味和欣赏的“美丽人生”。高适、裴宽们奋斗了一生，但是他们作息太正常、生活太规律、愿望太朴实、道路太平坦，没啥意思。

李白有多惨，人们就多爱李白。

有个戏叫《李太白匹配金钱记》，讲两个年轻人谈恋爱，遇到点家庭阻力，这时候李太白奉旨做媒，成全了小两口的姻缘。故事肯定瞎扯，但戏里的李太白俨然是丘比特一般的存在，他的出场，代表着皇帝意志，甚至代表着自然法，他的祝福，意味着这桩婚事任何人都没有反对的机会。编剧不会考虑的一点是，李白的婚姻本身就很坎坷，家庭也远远称不上幸福，爱情短暂得像一声叹息——他根本没资格给别人说媒。

前面提到过，有个段子，说李白的腰间生有一块常人身体所没有的骨头，名曰“傲骨”，这块傲骨影响了李白的行为方式，直接导致他面对权贵无法做到“卑躬屈膝”。从李白的干谒文章里，我们显然感受到了这块傲骨的存在，以及它所带来的致命影响：如果李白在求人办事的时候稍微收敛一些，也许一生会略微不用那么辛苦，这块傲骨如此突出，到死都不曾坏死。

关于傲骨的赞颂，其实是把李白的性格缺陷当成了审美对象。一个人在求人办事的时候怼人，根本谈不上傲视权贵，他只是控制不了自己复杂纠结的情绪。显然，那些习惯于在权贵面前做出恭顺姿态的、情绪正常的人，把李白的疏狂当成了血浆横飞的动作电影来欣赏。

四十二岁那年，朝廷的诏书下达到李白家中，李白欣喜若狂。那是李白以一个普通人、一个平凡人、一个渴望成功的中年人、一个半生坎坷的失意者所能给出的最自然的反应。对李白来说，那是此生久违的高光时刻和巅峰体验，那种可以触碰得到的、可以拿出去给身边人带来安慰的、能够得到绝大部分人承认的、不再飘飘欲仙而是属于尘世的荣耀与幸福，是值得珍视的。

“仰天大笑出门去，我辈岂是蓬蒿人。”

评论者常常诟病这不够大气，这有点暴发户的感觉，这略微穷酸，这不够李白。

如果李白当时撕毁诏书，再送一句“去你的长安”，一定会看起来比现在这样美。

郭德纲先生常引用一句优美典雅的说法，叫：看出殡不嫌殡大。赞美的，就是这个现象。

黄景仁贫病一生，死在路上，悲哀极了，在人们眼中也“美丽”极了。天才的凋亡，才子的不遇，命运的不公，哪一样都能让人感慨上那么一阵子。

乾隆帝寿命极长，当了一辈子富贵平安的皇帝，写了好几千首自我感觉良好的诗，到死都不承认自己是傻子——人们却都认为他水平很差，一点都不美，甚至还有那么点油腻恶心。

既然如此，如果让你穿越到清朝，你是选择当黄景仁，还是选择做一回乾隆？欣赏别人的“美丽人生”是一回事，轮到自己的人生又是另一回事。这么个简单的道理，今天的我们，每个人心里应该都有数：如果你自己的打算是“好吃好喝好玩富贵平安活到死”，那么请你一定要注意提防那些让你过“美丽人生”的人。

黄景仁写过“汝辈何知吾自悔，枉抛心力作诗人”的句子，发出过“十有九人堪白眼，百无一用是书生”的感慨，他早就看透了这“美丽人生”是个陷阱，但他无法抵抗。短暂的一生之中，黄景仁从未有一天放弃过诗人或者书生的身份——

和你、我、乾隆一样，黄景仁和李白都没有办法让自己变成别人。

铭心刻骨

生活在盛世，究竟是怎样的一种体验?

黄景仁的回答，一定是他的名句：茫茫来日愁如海，寄语羲和快著鞭。

李太白的回答，则可以引用其《临路歌》（“路”字与繁体的“终”字形颇类似，有学者以为正确的写法似乎应为《临终歌》，吾以为然）全文。

人在唐朝，刚下马车：

临路歌

李白

大鹏飞兮振八裔，中天摧兮力不济。

馀风激兮万世，游扶桑兮挂石袂。

后人得之传此，仲尼亡兮谁为出涕。

李白在告别人间之前，留下了这一首遗言，因为他知道，他的名字可能会在历史的长河中流传下去，如果真的可以给后世之人留言，他想和后世的人谈一谈自己在盛唐度过一生的真实体验：简单来说，一句话，充满了无力感。另外，如果你们了解了我李十二的故事，你们也一定会为我流泪。

事实上，笼罩在李白身上的无力感，李白身边的人比他看得还要清楚。关于眼泪，其实在李白还活着的时候，就已经有很多人为他流泪了。李白在临终诗里的所有不甘，在一千多年后的今天，仍然让人鼻子发酸。

偌大的盛世，李白像幽魂一样，在里面无所事事地飘荡了一生。

杜甫遇到李白时，李白四十多岁，杜甫对他说，白兄，咱俩其实都是正浪费着珍贵生命的凄苦人："痛饮狂歌空度日，飞扬跋扈为谁雄？"

魏颢遇到李白时，李白五十多岁，魏颢看见这位被自己视作偶像的老大哥，还在天地间漫无目的地游荡，他感到一阵心疼："君游早晚还，勿久风尘间。"

李白自己，也为自己哭过。那是在很久以前，当李白还年轻的时候。关于年轻时的李白如何进入长安、如何拜谒长官、如何委曲求全、如何碰壁伤心，我们在前面都已经了解得十分详细了。最苦闷的时候，这样的句子，一定是在痛哭流涕中写出的：“大道如青天，我独不得出。”

也许，世界上并不存在“怀才不遇”这四个字，仔细想来，他李白真的那么委屈吗？如果说李白真正的才华在于诗赋，那么，现在全世界的中文教材里都有他的作品，即便是当时，因为他的才华而愿意追随他的人也绝对不止魏颢一个。

作为诗人，你拥有最多的粉丝，你的诗拥有最多的读者，你的地位被公认为“诗仙”。李老师，你摸着良心想一想，你是否真的怀才不遇？你摸着良心想一想，大道如青天，你说的“我独不得出”是否有事实依据？

李白的怀才不遇之感，当然与诗歌无关，我们没必要揣着明白装糊涂。每个读者都看得出来，李白看重的才是经纶家国、扫敌平寇、建功立业，他认为自己在这方面一点问题都没有，他之所以痛苦，是因为想不通。能力越大，责任越大。既然我李太白能力这么大，那么，为什么就没人愿意请我去干大事呢？

答案明确且让人难过：因为你没才啊。

具体来说，你的才可能是诗词歌赋，可能是饮酒行令，可能是社交酬唱，可能是炼丹修道，可能是旅游自拍，但绝对不是带兵打仗、平狱断案、兴农办学、筹粮赈灾、修路治水。你的性格太狂放，不够严谨；你的情绪太多变，不够稳重；你的理想太宏大，不够现实；你的履历太单薄，缺乏经验；你的头脑太简单，略显幼稚；你的作风太散漫，让人难以信赖……

我若是企业 HR，我大概也不会录用李白，哪怕是公关宣传或研究岗位，我也更倾向于找一个魏颢这样的看起来十分平凡的高学历人士。魏颢也狂过，但年龄一过，立刻收敛。魏颢也隐居过，但热情退却，还是脚踏实地去赶考了。魏颢也任性冲动过，为了追星跋涉几千里地，当穷游结束的时候，他娶妻生子，认认真真地担负起家庭的责任，上班打卡，把孩子培养成材。总之，魏颢尽管优秀，但终其一生，他的脸上都一直写着两个字：普通。

魏颢说“禄位拘常人”，他自己就是禄位最喜欢拘的那种“常人”。

这个世界上，绝大部分人，都是“常人”或者普通人，即便后来被誉为“中国历史上最后一位圣人”的曾国藩，也不过是一个加强版的普通人。普通人取得成功的方法都是一样的，勤奋、一步一步地努力、忍耐、控制、等待和机遇。普通人之间，可以顺畅交流，普通人之间，可以融洽合作。

有的鸟，是关不住的；有些人，是用不动的。有意或无意间，李白成了特立独行的不普通的人，具体表现为：他认为自己无所不能，但他却不知道自己要干什么；他活在凡尘俗世之中，却无法忍耐任何约束；他不是没想过偶尔妥协以换取更大的发展空间，但这种尝试却常常被他不稳定的性格打断。

李白虽然常常以神龙自居，但他又不傻，有时候他也可以卖萌认㞞，把自己的姿态摆得很低：

赠崔侍郎

李白

黄河三尺鲤，本在孟津居。

点额不成龙，归来伴凡鱼。

故人东海客，一见借吹嘘。

风涛傥相见，更欲凌昆墟。

我虽然本来可以成龙，但是混得不好，放人堆儿里都不咋显眼。如果你肯帮我吹吹牛，托托关系，走走后门，也许我还有点机会。毕竟，谁不想找份好工作，一步一步往上爬呢？李白的低姿态，其实是势利眼，时过境迁，一两场宿醉之后，他又开始清高狂傲起来，飞扬跋扈，沾沾自喜，给人留下前恭后倨、轻佻浮夸的恶劣印象。

简单来说，从人资的角度看去，李白这人口吻挺大，气魄挺大，但专业技能不高，可能英语六级都没过，但事儿太多，要求太高，性格不稳，心气儿太盛，实在算不上优质的“人力资源”。

杜甫、魏颢之所以爱李白，当然不是因为他的业务能力，不是因为他在人事部门眼中的资源价值，而是因为李太白他也许什么都不是，但绝对是一个合格的、无愧于天地的、如假包换、活蹦乱跳、真实生动的“人”，他那些在用人部门眼中的毛病，今天我们称之为“人性”。

评判“人力资源”和评判“人”，显然不应该使用同一套标准。对于办公室文秘小王来说，当着老总的面抠鼻屎，当然是严重的错误，有违这个职位的专业要求，但作为一个人，抠鼻屎这事儿跟拉屎撒尿一样，显然可以随时随地随意抠，怎么爽怎么抠。活人岂能被鼻屎憋死？人活着如果不能自由地抠鼻屎，那和一条咸鱼有什么分别？

诸葛孔明“本是卧龙岗散淡的人”，一朝遇到刘老板，便开始了“鞠躬尽瘁”的一生，蜡炬成灰，至死不休，心血熬尽，回天乏术，死在加班的岗位上。做“人”常常简单，做“人力资源”有时却十分冒险。

“人力资源”讲究按部就班的本分，“人”却常常任性勉强。

自己明明擅长的是文学，却哭着喊着要找一份打仗的工作，在职场上，这不是有病吗？自己明明擅长的是干农活，却哭着喊着要去当演员，在社会上，这不是有病吗？自己明明擅长的是搞金融投资，却哭着喊着去当男优，这不是有病吗？

可是，在生活中，作为一个真实的人，我们就是喜欢这么干。

中国神话里，夸父逐日，他追得上吗？精卫填海，她填得平吗？刑天的脑袋都被砍了，还在那挥舞着武器，他就那么一直挥着，不愿意认输。神话里当然也有不少成功的案例，盘古开天好像开成了，那是人家盘古确实太强了，这种开天辟地的大活儿，一般人很难接到，没有案例价值。女娲造人好像也造明白了，但这事同样没有案例价值，因为造人这事儿，好像每个身体健康的人都会。

大部分人，是理想难追的夸父，或者是执念难填的精卫。这种明知不可为而为之的“有病”，这种虽千万人吾往矣的倔强，这种“死磕”的精神，就是所谓的“浪漫”。你看，其实浪漫这种东西，其实一点都不高大上，它只是我们人类最平常的“人性”所在。

跟黄景仁一样，李白的人生在世俗层面上，可以说是失败的，但在审美层面上，他们却都度过了典型的“美丽人生”。人性之美，在他们行为、言论与作品里，得到了最大限度的张扬，那些力量穿越历史星河，击碎语言壁垒，落进每个读者的胸膛，在那里燃起熊熊的烈焰。

读到这里，想必你能够理解这样的结论：由于性格的原因，李白这样的人，在古时的任何朝代都不可能取得现实意义上的成功，作为感情浓烈、个性张扬的文学天才，除了“艺术家”，他显然做不了任何一种具体的职业——因为他把人做到了极致，他把人性张扬到了极致，却不肯成为谁家机器上的螺丝钉，没能像煤炭或铁矿那样，成为哪个行业的“资源”。

艺术家哪个时代都有，唐朝的李龟年和公孙大娘，他们的名字，直到今天仍然如雷贯耳，他们的风姿，在无数传说和诗歌里摇曳生辉。但不幸的是，“艺术家”作为一个独立存在的、可以养活自己、可以赢得荣誉、可以光耀门楣、可以影响世界的职业，那是现代社会才有的事情。

我们常说某人“生错了时代”，就是这么个意思。

说到生错时代，本书中反复被 cue 的无辜的秦始皇又何尝没有生错时代？相较于当皇帝，他显然对长生不老这事儿更感兴趣，以他动辄“给你打钱”的个性看，如果他能活在今天，一定能成为一个合格的投资人。可以想见，投资人嬴政先生的商业帝国里，最受欢迎的项目一定是医疗生物工程、人工智能、器官移植、人体冷冻、癌症等长生不老相关研究。

至于徐福，穿越到现在，他可以选择教外语、卖手机、卖电脑、卖电子烟、研究鲨鱼皮或者搞直播带货。

我们现在知道，李白并没有真的“怀才不遇”。然而，我相信，李白一定不会同意我们这个论断，因为他至死都觉得自己的人生充满了怀才不遇的苦闷——他一定不会让我们觉得，他一定想要他觉得。

我们别理他。

根据李白的《春夜宴从弟桃花园序》创作，仇英此图主要落脚点在『幽赏未已，高谈转清』的『清』字上，只眼独具，使画面显得旷达乐观，潇洒不羁。

［明］仇英《春夜宴桃李园图》

［清］冷枚《春夜宴桃李园图》

根据李白的《春夜宴从弟桃花园序》创作，此画构图严谨，景物布置得宜，用笔工整。楼宇建筑工整细致，运用界画法，设色浓艳。人物衣着画法工细，面部情态生动。

[清]吕焕成《春夜宴桃李园图》

根据李白的《春夜宴从弟桃花园序》创作，此幅绘李白春夜宴桃李园故事，人物刻画生动，桃园布置幽雅，桃树夭夭，灼灼其华，湖石玲珑，远山壮美。用笔细劲，傅色精谙。

［清］黄慎《春夜宴桃李园图》

根据李白的《春夜宴从弟桃花园序》创作，画中的人物衣纹作游丝描、铁线描，或连勾带染，挺劲放纵；以草书之笔入画，极具功力。人物情态各异，动静有别，生动传神。

此图绘唐天宝年间，唐玄宗召李白作『清平调』的故事。画面构图完整，有开合之意，人物呼应紧凑。李白神色飘逸，文采气象夺人。此图用全焦墨完成，落笔草草，风致宛然，人物头像似不经意，却刻画出各自不同的性格特征。

［清］苏六朋《清平调图》

该图画面设淡色，内容为李白醉后由人扶持之态，李白神色飘逸，气象夺人，二扶持侍从躬背弯腰，神态中流露出吃力和无奈，他们的衣服鞋履均设较重之色，与李白一袭白色长袍形成鲜明对比。

［清］苏六朋《太白醉酒图》

［清］石涛《太白诗意山水图轴》

该画上方录唐李白诗《将进酒》。石涛认为李白怀才不遇而写此诗以自慰，而他则借诗作画以消磨岁月，其意相同。李白此诗，用词遣意，疏狂奔放，一泻千里；石涛此画，用笔泼墨，横涂竖抹，酣畅淋漓。二者亦有相通之处。

清代画师所绘“力士脱靴，贵妃研墨”

命运其实待李白不薄。在我这个旁观者看来，李白一生中得到的东西，已经超过了他本来应该得到的。比如四十二岁那年，来自朝廷的启用诏书，以及随之而来的不到两年的宫廷文人经历。按照李白的个性和行事风格，朝廷绝对不会喜欢他，更不会想要见他或者用他。

换言之，李白的人生，原本可能要比现在更加地苦闷，但命运额外眷顾于他，以至于不曾把他彻底捂死，反而给过他一点点希望与曙光。那时，李白以为自己终于感动了上天和帝王，自己的才华终于得到了应有的肯定，自己一生的苦闷蹉跎都不曾白费，所有的委屈都终获报偿。

李白总以为皇帝很欣赏他的才华，其实他误会了。

他的翰林生涯，实在是出于偶然。

公元 742 年，唐玄宗五十八岁，在位整整三十年。回望过去，玄宗有点感慨万千，三十年励精图治，玄宗战胜了各种政治对手，气候已成，屁股真正坐稳了皇位。加上天气给面子，大唐变成了比以往任何朝代都更适合活着的王朝。只要不是太极端的情况，饭基本上能够吃饱了；大好河山，穷人的子弟有时候也可以全国南北畅游，不用过于担心治安问题；诗歌、音乐、舞蹈艺术花团锦簇，美女、香料、水果、奇怪的野生动物汇聚长安，盛唐气象，万国来朝。

这个时候，天降祥瑞，唐玄宗觉得，这应该是天意。于是，这一年他改元“天宝”，而天宝元年第一件历史大事就是：有个叫李白的四川人终于找到了工作。

古代的皇帝有个执念，他们总觉得，如果有贤者找不到工作，那就说明朝廷有问题，如果朝廷有问题，那眼前就不算真正的“盛世”，所以许多皇帝都讲究一个业务指标，叫“野无遗贤”。意思是，如果皇帝足够开明和包容，那所有的贤者都不用隐居在江湖山野里，都会欣然来朝廷庙堂上班。有时候即使皇帝本人觉得手下的人才差不多了，臣子和百姓们也会提醒他，请您不要自满，因为——“高手在民间”。

针对皇帝的执念和全社会的迷信，想要猎取功名的年轻人当然有反向攻略。他们故意隐居在山里，神秘高冷，给人形成一种不出世贤者的印象，就跟传说中当年姜子牙蹲在河边直钩钓鱼一样，他们的心一天都不曾平静过：合格的钓鱼人，眼神一秒钟都不会放过鱼漂。这种操作，魏颢干过，李白当然也干过，不过都没有成功。魏颢后来金榜题名，不过那是出山老老实实考试的结果，不能算作“终南捷径”的成功。

改元天宝的那年，是玄宗一生的重大节点。前半生戎马倥偬、尔虞我诈和殚精竭虑已成烟云消散，如今四海升平，他想要放慢脚步，等等自己的灵魂。改元之初，他特别想要启用一批散落四海的贤者，略慰“野无遗贤”的执念，也向天下昭示盛世明君的胸怀。

玄宗立刻想到了老朋友、著名的道士吴筠，吴筠又向他推荐了自己的好友李白。

吴筠谥号“宗玄”，与“玄宗”仿佛CP，冥冥中的巧合虽然没有太大意义，但我就是想提。吴筠年轻时也有过炽热的功名之心，功名受挫，变得高冷，不愿随世浮沉，早早地隐居山林，与文士行诗酒之会，传到京师，引起玄宗的注意，召见于大殿，询问神仙修炼之事。不同于许多故弄玄虚的江湖骗子，吴的回答朴实且富有责任感：“此野人之事，当以岁月功行求之，非人主所宜适意。”

何谓野人？李白：“白，野人也。”

吴筠的回答真是老实，但读起来仍然讽刺：那些求功名无门的失意落魄之人，隐居在山野之中炼丹养生，无论想要长生还是仅仅只想吸引朝廷注意，本来都是一件非常符合他们身份和诉求的正常的事，你身为富贵至极、根本不需要找工作的人君，竟然也问这个事，是不是略显幼稚？

吴筠第一次见玄宗，应该在十几年前。具体来说，应该是十二年前，李白正好三十岁那年。那一年，李白和吴筠都在长安，只不过，吴筠在金銮殿里与正值壮年的玄宗谈笑风生，李白在长安市上被斗鸡弄狗之徒追得慌不择路。

这种天壤之别的待遇，其实不难理解。只需看“此野人之事，当以岁月功行求之，非人主所宜适意”这一句，我们就知道吴筠不是个简单的人，这是个有见识、知轻重的思想家。那年三十岁的李白，心理年龄只有十六岁，幼稚得像刚刚进入大学校园的你。

十二年后，偶然的机缘，李白终于鲤鱼跳龙门，待诏翰林。虽然只有短短的一年多时间，虽然这段生涯并不十分顺利，虽然这翰林待诏并无实权，虽然玄宗对李白也谈不上尊重，但这件事情毕竟让李白接触到了天底下身份最尊贵、最神秘的“圣人”，对李白而言，这意味着蓬蒿直上、平步青云、阶层跨越、鸡犬升天，意义重大到超出我们的想象。

前文的某个章节，我们已经见识过李白接到橄榄枝的狂喜。然而，那些诗句只是一瞬间的情感高潮，不足以完全说明，在漫长的一生中，“待诏翰林”这件事对于李白而言，究竟代表着什么。

大概每个人都有一段可以冠以“想当年”三字的故事，情圣的手到擒来，老兵的经典之战，老爸的精彩冒险……那些故事越说越玄乎，随着岁月长出闪耀的包浆，在每一次茶余饭后，在每一次无趣的漫长旅途，在每一个酒至半酣的夜晚，那些略显沧桑的男子，反复讲起多年前的故事，他们乐此不疲，不厌其烦。那些“想当年”，大抵如此。

待诏翰林，就是李白的想当年：“是时仆在金门里，待诏公车谒天子。”

赠从弟南平太守之遥二首

李白

其一

少年不得意，落拓无安居。

愿随任公子，欲钓吞舟鱼。

常时饮酒逐风景，壮心遂与功名疏。

兰生谷底人不锄，云在高山空卷舒。

汉家天子驰驷马，赤军蜀道迎相如。

天门九重谒圣人，龙颜一解四海春。

彤庭左右呼万岁，拜贺明主收沉沦。

翰林秉笔回英眄，麟阁峥嵘谁可见？

承恩初入银台门，著书独在金銮殿。

龙驹雕镫白玉鞍，象床绮食黄金盘。

当时笑我微贱者，却来请谒为交欢。

一朝谢病游江海，畴昔相知几人在？

前门长揖后门关，今日结交明日改。

爱君山岳心不移，随君云雾迷所为。

梦得池塘生春草，使我长价登楼诗。

别后遥传临海作，可见羊何共和之。

其二

东平与南平，今古两步兵。

素心爱美酒，不是顾专城。

谪官桃源去，寻花几处行？

秦人如旧识，出户笑相迎。

宫廷面圣的风光，直到晚年，仍然让李白念念不忘，反复回味，欲罢不能。

先写年轻时的压抑与漂泊，所谓“少年不得意，落拓无安居”，再说遇到挫折之后的自我修复，所谓“常时饮酒逐风景，壮心遂与功名疏”。在执念几乎消尽、心如闲云卷舒之时，平地一声雷，雷声似乎在说，你，李白，不是蓬蒿人。

皇家礼遇，写得极其细致雍容，那种久居草莽、终于抬头的释放感，直到今日我们仍然能够完全体会：所谓“汉家天子驰驷马，赤军蜀道迎相如。天门九重谒圣人，龙颜一解四海春。”皇家金殿承恩侍立的体验，是足以吹嘘一生的骄傲：“彤庭左右呼万岁，拜贺明主收沉沦。翰林秉笔回英眄，麟阁峥嵘谁可见？承恩初入银台门，著书独在金銮殿。龙驹雕镫白玉鞍，象床绮食黄金盘。”

李白受到的礼遇非比寻常。皇上的目光落到工作中的我身上，可惜宫阁深远，没有人看到这美妙时刻——圣人恩宠无以复加；平生第一次侍从帝王驾前，第一次在金銮殿上办公，多么梦幻的场景；出门代步，是顶配的豪华坐骑，宝马玉鞍不说，连马镫都精雕细刻，极尽奢华；饮食起居方面，说是锦衣玉食也不为过。

最有劲儿的是这句，“当时笑我微贱者，却来请谒为交欢”，想起来仍然有淡淡的顾影昔日的忧伤自怜，更多的，是报复往事的爽快。千载之下，所有曾经受到不公正待遇的人，所有曾经虎落平阳的人，所有曾被低估的人，都一定能够看懂这句诗里的心事浩茫和感慨万千。

十二年前，李白第一次进入长安，被残酷的现实打得怀疑人生时，一个叫王韫秀的女诗人刚刚出生。多年之后，她因丈夫元载被人轻视怒而陪夫入京，颇历辛酸。元载拜相之后，王韫秀赋《夫入相寄姨妹》以报复往事，诗曰：“相国已随麟阁贵，家风第一右丞诗。笄年解笑鸣机妇，耻见苏秦富贵时。”

得意溢出于句外，压抑许久终于扬眉的爽快，至今仍有余韵，没有人会因为锋芒毕露去责怪王韫秀。李白的“当时笑我微贱者，却来请谒为交欢”，与此无异。

李白赠诗的对象，南平太守李之遥也是个奇奇怪怪的人，身为南平太守的他，被贬官的原因竟然是“饮酒过度”。贬他的上级领导，也是个奇奇怪怪的人，哪里不好贬，偏要把酒鬼李之遥贬到天底下所有酒鬼的朝圣之地武陵。武陵这个地方之所以出名，是因为另外一个奇奇怪怪的人——陶渊明，桃花源的故事，据说就发生在这里。

在第二首赠别诗里，上面的事实被李白一一吐槽，“谪官桃源去，寻花几处行？”看起来是亲友间淡淡的玩笑，读起来像是一篇欢快的恶搞，其实都是相看的泪眼。我们不关心李白，我们眼中只有自己的心事。同样，李白看起来在拿李之遥开涮，其实涮的还是自己。这首诗的主要功能，是给李白的辞官一个得体的解释：“素心爱美酒，不是顾专城。”——相较于当官，更爱喝酒而已。这个解释，大概与你谈起上次被甩原因时的说辞很像：“其实更喜欢单身啦。”

这两首诗应作于李白五十九岁的时候，此时离李白入宫待诏已经过去了近二十年，诗句里的森严金殿、高车驷马，读起来仍然仿佛昨日。皇帝闹着玩的一个小动作，在李白眼中，却跟初恋一样，到死都忘不掉。

你单身了四十二年，突然谈了场恋爱，更何况，那还是一场你以为只是开始实际上却已是巅峰的恋爱，也就是说，接下来的二十多年余生，你不会有第二场恋爱了。此外，一生中第一次也是唯一一次恋爱仅仅持续了一年多的时间。

那场恋爱，你会不会终生难忘？

风雨青云

经常听到一个说法，叫“大唐气象”或“盛唐气象”，发明这些词组的用意似乎是专门为了吹牛，如鲁迅先生所言，是为了说自己祖上曾经阔过。其实所谓大唐气象，大部分时候只可远观，真的把仰慕者传送过去，能不能在那盛世里活下去，都是个问题。

除了美女和美食，那时的长安城里也晃荡着很多流氓，“至有以蛇集酒家，捉羊胛击人者”，洛阳城也不甘示弱：“洛阳多恶少……车马不敢前。”流氓恶少往酒馆饭店里扔蛇，拿羊肩胛骨打人，嚣张跋扈，良人不敢前。

《开元天宝遗事》载：

长安侠少，每至春时，结朋连党，各置矮马，饰以锦鞯金络，并辔于花树下往来，使仆从执酒皿而从之，遇好囿则驻马而饮。

这段记载，是不是像极了今天大城市酒吧街附近豪车炸街的阔少行径？

令人震惊的是，流氓们并不觉得自己是恶少，他们对自己的认知是：侠。

侠很简单，无论什么侠，都是反政府的人。经常有人说“侠之大者，为国为民”这样的话，实际上，他们口中的“侠之大者”已经不是侠了。展昭跟着包公打卡上班、出差报销、为国执法，这样的展昭跟侠已经划分界限了。相较于国家法律，侠更倾向于用武力解决问题。为了解决暴力的正义性问题，他们发明了“义气”“劫富济贫”甚至“为国为民”等冠冕堂皇的借口，但表象掩盖之下的内里，他们中的绝大部分只是一帮游手好闲、吃喝嫖赌、噪音扰民的流氓而已。

尽管如此，侠的概念，仍然像摇滚一样，对历朝历代的年轻人都有着致命的吸引力。自由，无拘无束，迅速反馈，不用动脑，干净利索，没有门槛，谁不喜欢？李白就自以为是大侠，曾经干过手刃数人的豪迈之事，笔下的诗句里，动辄“纵死侠骨香，不惭世上英。谁能书阁下，白首太玄经”。读书学习多没劲，要的就是一个玩儿命。

那时候的流氓很喜欢文身，所文的内容十分嚣张，长安有个叫张干的流氓，左臂纹“生不怕京兆尹”，右臂纹“死不畏阎罗王”。唐诗中常见的“不畏权贵”“生死度外”之类的英雄气概，大概是那时年轻人之间争相夸耀的气质。李白诗中的侠气与不羁，大概也跟他年轻时仰慕侠客文化有关。

李白三十岁第一次到长安，立刻被长安的流氓文化吸引，在长安与流氓恶少们斗鸡走狗、饮酒作乐。漫长的历史中，有那么几年，长安晃荡的游手好闲的少年们之中，也有咱们李太白那张懵懂的脸。那次长安之行，李白见识了长安的厉害：上天无门，心碎欲绝，闹市相殴，差点把命丢在那里。

十二年后，李白二入长安，心花怒放：“当时笑我微贱者，却来请谒为交欢。”

然而，知己眼中“未曾一日低颜色”的李白，自以为终于熬出头来的李白，自以为不再被笑微贱的李白，在玄宗眼里，仍然只是个没见过世面的土包子。

比李白晚一个世纪的唐朝人段成式，在其《酉阳杂俎》中有这样的段子：

李白名播海内。玄宗于便殿召见。神气高朗，轩轩然若霞举。上不觉忘万乘之尊。因命纳履。白遂展足与高力士曰：“去靴。”力士失势，遽为脱之。及出，上指白谓力士曰："此人固穷相。"

段成式距李白的时间尺度，相当于今天一个出生于 2020 年的婴儿距张爱玲的时间尺度。这么长的时间跨度下，段老师的段子，我们不知道其真实性究竟有多少，但一个不争的事实是，这个段子历史上有很多人相信。"力士脱靴"几乎成为李白故事的标配，而皇帝对李白穷酸气的评语，则常常被粉丝们选择性无视。

李白有没有那么一点点、一丝丝、一丢丢穷酸之嫌？我想大概是有的；张爱玲有没有那么一点点、一丝丝、一丢丢愚蠢糊涂？我想大概也是有的。就算有，也不是什么丢人的事儿。

李白是一个活在幻想中的自由侠客，突然进入宫廷，他一下子没反应过来。山野绿林的豪爽做派，经常引发满堂彩的英雄气概，江湖儿女的不拘小节，在宫廷里就叫作"穷酸"。当然，这事儿如果当真，我们也没有理由埋怨玄宗，他在宫殿里待的时间太久，见惯了谨小慎微的职业臣僚，看见李白这样的江湖名士，不适应也很自然。

《酉阳杂俎》里这个段子最奇怪的地方在于，我们读完整个段子，竟然搞不清楚作者的意图，甚至我们都搞不懂段子中重要角色玄宗的意图。前面说玄宗被李白的气质征服，几乎忘记了自己高贵的身份；后面又说玄宗嫌弃李白，觉得他一脸穷酸。这样自相矛盾的段子，作者究竟是为了吹捧李白，还是为了黑李白？玄宗到底是欣赏李白还是反感李白？

段子虽然看起来荒诞，然而一旦我们将目光放大一些，我们会惊异地发现，李白整个待诏翰林的生涯，像极了这个段子：皇帝一开始应该是喜欢他的，后来不知何故，不喜欢了。李白的前半生，哭着喊着要出人头地，终于抵达庙堂之上的时候，他却很快就心生退意。待诏翰林的尾声，李白所做的最后一件事，史称“乞归”。

从求进到乞归，在帝都上班的这两年，李白身上究竟发生了什么？

最具代表性的说法是李白没有做错任何事，他之所以无法在朝廷效力，是因为受到了不公正待遇。正如李白忠实信徒任华愤慨的诗句所言：“权臣妒盛名，群犬多吠声。”正如知交好友杜甫的深情叹息：“才高心不展，道屈善无邻。”

欺负李白的人中，民间公认排行第一的是高力士，其次是杨玉环。

这三人之间复杂的恩怨纠葛，简单概括起来大概是这样的：高力士本来就是个奸佞太监，李白看不起他，于是让他脱靴，以示羞辱。这件事激怒了高力士，于是就挑拨李白和杨玉环的关系，告诉后者李白为她作的赞歌《清平调》夹带私货，例如“可怜飞燕倚新妆”一句将杨比作口碑恶劣的赵飞燕，实为大不敬。紧接着，杨玉环向玄宗吹耳边风，然后玄宗疏远了李白。

这个故事其实非常俗套，但它之所以能够流传下来，受到各个朝代人民群众的欢迎，恰恰是因为它的俗套。李白是正义的化身，但这样纯洁美好的人却受到不白之冤，太监嚼舌、后妃枕头风、皇帝相信文字狱，这样经典的迫害情节，足以调动起每个读者的同情心以及对太监、后妃的憎恨。

大家有没有想过，在史书和传说故事中，太监为什么总是阴险奸佞的？后妃为什么总是贪婪愚蠢的？大概是因为史书和记录那些传说的书，都是太监和后妃的敌人写的。太监和后妃身处宫闱之中，是离皇帝最近的人，他们的权力可以视作皇权在宫内的延伸，从而天然地与大臣群体构成了竞争关系。大臣们认为，杀光太监之后，自己的建议才能不受干扰地被皇帝接受；太监们认为，大臣们敌视自己，是因为他们的傲慢与偏见，为了自我保护，他们开始更积极地攫取权力。

千百年来，朝廷内外的争斗，不外乎这个剧本。

宋朝有个叫牟子才的人，建了一座李白祠并自为记曰："白之斥，实由高力士激怒妃子，以报脱靴之憾也。力士方贵倨，岂甘以奴隶自处者。白非直以气陵亢而已，盖以为扫除之职固当尔，所以反其极重之势也。彼昏不知，顾为逐其所忌，力士声势益张，宦官之盛遂自是始。其后分提禁旅，喋血宫廷，虽天子且不得奴隶之矣。"除此之外，牟子才还画出高力士为李白脱靴图，加上自己写的赞，一起刻在石碑上。

坦白说，牟子才先生对李、高矛盾的反应多少有过激之嫌，他甚至将李、高之斗中高力士的胜利上升到历史高度，认为这件事直接导致了后世太监的嚣张，直接导致了后来的各种流血事件，直接导致后世的太监连天子都不放在眼里。前朝传说，牟先生何以如此愤慨？就事论事，李白与高力士就算真的有过冲突，也不至于有那么大的历史影响力，更不可能改变文臣与宦官漫长斗争史的局势，这一点，牟先生想必更心知肚明。

既然如此，牟先生何出此言，何为此举？

事出反常必有妖。

其实，牟子才对李白高力士压根就没什么兴趣，他的修祠其实更像一个行为艺术，他的真实目的是把这一行为艺术当作武器，直接打击自己的政治敌人。没错，他的政敌是一个太监。根据《宋史》的记载，当有人将碑的拓本拿给那个名叫宋臣的太监看时，他“大怒”，“持二碑泣诉于帝”，虽然宋臣极力反扑，不愿坐以待毙，但故事的结局，仍然是牟子才取得了胜利，“宋臣斥，诬劾子才者悉窜岭海外。”

一个“力士脱靴”的戏码，政治家可以拿来做武器，老百姓可以拿来浇块垒，中国古代最受欢迎的故事大抵如此。一个连身体都不全的怪胎，怎么看都不值得信任；一个以色事人的高档娼妓，怎么看都不应该安享富贵。在看戏的人们眼中，没有比邪恶的太监的陨落更让人开心的事情了，没有比愚蠢贵妃的倒霉更让人快意的事情了。至于那个太监和那个贵妃到底是个什么样的人，他们没有能力理解，更没动力关心。村口的说书人都讲了是坏人，还有什么可说的？

奇怪的是，整个故事里，太监和后妃都被视作小人，却没有人说皇帝的坏话。明明皇帝才是那个有决定权的人，明明皇帝是个不明是非的昏君，但就是没人说皇帝坏话。皇帝是好的，被皇帝驱逐的李白是好的，坏就坏在小人在中间搞鬼，引发两个好人之间的误会。从文臣的立场看，这大概是唯一安全的讲述方式了，然后故事流传到民间，成为妇孺皆知的传说。

人们对李白的爱，和李白自己人生理想的实现与否，完全两码事，甚至正好相反。

李白想要进京面圣的心情写得很明白，他就是要当官，他就是喜欢官廷的生活，他得到皇帝的橄榄枝兴奋得都不行了："仰天大笑出门去。"

人们却偏偏喜欢他辞职时的状态，把他的离开京城当成不贪恋荣华富贵、不愿意同流合污、不屑于迎来送往的高贵品质，并且完全不顾他离开时沮丧的心情，替他想象出另外一个与真实状态大相径庭的离职场景。即便在任华公子的笔下，他也是快乐辞职的："高歌大笑出关去。"

出门进京，仰天大笑。辞官出京，高歌大笑。这表明，李白真的很爱笑。

小儿听三国，听到刘备败则哭，听到曹操败则喜，因为刘备有情感加成。

认真说来，待诏翰林根本不能算是什么官，充其量是个皇家艺术顾问，这种身份，如果放在民间，则有另外一个名称——帮闲。李白的好友吴筠，十几年前就被玄宗拉来做翰林待诏，大家谈起吴筠的时候，也没怎么把这段经历当回事。大唐宰相张说、张九龄也做过翰林，感觉大家也不怎么聊这段往事。聊起唐朝的翰林，我们第一个想到的是李白，好像整个大唐就他当过翰林一样，这也是情感在作怪。

抛开传说，李白真实的翰林生涯究竟是怎么样的？

李白死在当涂县，当涂县令李阳冰是李白“托孤”之人，“枕上授简”，所以李阳冰的《草堂集序》也被认为最为权威的李白史料，因为他笔下的那些故事极有可能是李白亲口说给他听的。《草堂集序》里，李白初入翰林院时，的确享受到了来自帝王的无上礼遇：

> 天宝中，皇祖下诏，征就金马，降辇步迎，如见绮、皓。以七宝床赐食，御手调羹以饭之，谓曰：卿是布衣，名为朕知，非素蓄道义，何以及此？置于金銮殿，出入翰林中，问以国政，潜草诏诰，人无知者。

即便默认这是李白口述的内容，我也很难相信这段话是事实，因为吹牛是李白贯穿一生的恶习，更何况最后几句，属于明显的露怯。问以国政，问以何政？为皇帝草拟的诏书大概是什么内容，也没说，一句“潜草诏诰，人无知者”怎么看都是害怕好事者追究的搪塞之词。

> 丑正同列，害能成谤，格言不入，帝用疏之。公乃浪迹纵酒，以自昏秽。咏歌之际，屡称东山。又与贺知章、崔宗之等自为八仙之游，谓公谪仙人，朝列赋谪仙之歌，凡数百首，多言公之不得意。天子知其不可留，乃赐金归之。

内容跟传说相似，都是说李白被小人谗言构陷伤透了心，于是浪迹纵酒，所谓“天子呼来不上船”，大概写的就是这时候的状态。“天子知其不可留，乃赐金归之。”总的来说，李白初入宫廷，应该度过了一段自己还算开心的日子，后面由于无法取得皇帝的持续信任，越来越不开心，最终不得不离开朝廷，这些粗线条的脉络应该是毫无疑问的。

至于向来被当作历史真实的“力士脱靴”，则难以让人信服——尽管它被写入《唐书·李白传》，尽管它被李白研究的大家王琦写入年谱，尽管郭沫若先生在名著《李白与杜甫》里也对高力士谗毁李白盖棺定论：“高力士也是谗毁者之一人，完全可以肯定。”

与段子里奸佞的形象不同，历史上的高力士其实是个身世凄楚的可怜人。

高力士比李白大十七岁，原本姓冯，名冯元一。其父因罪被抄家，刚满十岁的冯元一被官府捉拿阉割，数年后被改名力士，进奉于宫内，后又被宦官高福收养，改姓为高。至此，曾经的姓与名俱灭，一个叫高力士的宦官正式诞生。武则天朝时备受器重，玄宗上位时立功甚巨，“恩遇特崇”。安史之乱后，高力士仍未抛弃玄宗，以致被谗遭贬，直到七十九岁才遇赦，途中听说玄宗去世，哀恸而终。

作为一个人，他出生于籍没之家，一门获罪，颠沛流离，未成年即遭非人之刑。作为一个臣子，他侍奉的是数奇之主，安史烽烟，一国破碎，满目疮痍，暮年时又受流亡之苦。失去肢体后失去名字，失去名字后失去姓氏，失去姓氏后失去名誉，失去名誉后失去信仰，失去信仰后失去生命。

高力士应该是大唐盛世里最孤独的人之一了吧，从未获得，却总在失去。

人生的中段，高力士谨小慎微但求无过，却仍然莫名其妙地因为李白的靴子问题，生前身后硬是被活生生骂了一千多年。天地不仁，造化弄人，不过如此。

如果高力士活在现在，他应该叫冯元一，他大概也会娶妻生子，一生不会有任何奇怪的男人让他脱靴子。冯元一这个名字也起得好，路边烧烤摊上，狐朋狗友们大概会喊他一声“一哥”。

唐玄宗、高力士、李太白这三个在段子里恩怨纠葛的人，不曾同年生，却在同年死，细想起来，不免让后人感慨。杜甫说“人生七十古来稀”，可玄宗活了七十八岁，力士活了七十九岁，即便寿命最短的李白也活了六十二岁，上帝对三人其实都不薄。李白之所以比另外两位少活了十几年，大概跟他喝酒、吃丹药、流浪漂泊、过于情绪化等不好的生活习惯有关。

高力士是个苦命的人，同时，也是一个得力的帮手，一位值得托付的忠仆和朋友。听到玄、肃二帝驾崩的消息，高力士“绝浆七日，毁不能哭，衔哀而绝”。而在唐玄宗晚年暮气，志得意满，自觉“夫复何忧”时，高力士却敢于猛捋逆鳞：“……边将拥兵太盛，陛下何以制之？臣恐一旦祸发，不可复救，何得谓无忧也？”

玄宗是性情中人，高力士对他的忠诚心意，他心里明镜一般，“力士当上，我寝则稳”。高力士个性沉稳，《旧唐书》说他“谨慎无大过”。

与高力士的忠诚谨慎相反，李白入宫之后，却经常沉醉。

范传正是李白的仰慕者，他对李白吊儿郎当的翰林生涯并无讳言，据其《唐左拾遗翰林学士李公新墓碑并序》所录，皇帝有时候兴致来了，急需李白现场写点东西，却常常发现李白不在，等找到他时，才发现他喝醉了，只能让高力士把他扶过来。

李肇《唐国史补》更夸张，玄宗让李白写东西，李白醉到不省人事，无法工作，只能拿凉水喷面，才勉强醒来，写完之后，让高力士脱靴，玄宗不干，让小太监把李白抬了出去。

> 李白在翰林多沉饮，玄宗令撰乐词，醉不可待，以水沃之，白稍能动，索笔一挥十数章，文不加点。后对御引足令高力士脱靴，上命小阉排出之。

即便真的有“力士脱靴”的事，那也更应该是李肇的这个版本。高力士跟随玄宗数十年，忠心耿耿，功勋卓著，且无大过；李白是娱乐耳目的弄臣，酒醉误事不堪大用，之所以不曾动怒，并非礼遇，俳优视之而已。玄宗的心目中，高力士的地位显然高于李白，当李白无礼时，他不会坐视不理。

结合“上命小阉排出之”的说法，回头再看段成式所载玄宗那句“此人固穷相”，突然有种豁然开朗的感觉。段成式的笔下，李白也是想让高力士为他脱靴，力士虽然照办，但皇帝还是给足了力士的面子，不曾让他真正受辱，因为他当着力士的面，指责了李白的无礼。

李白的翰林做得不痛快，其实就是政治头脑和政治经验的问题，跟别的关系应该不大。至于奸佞当道或者谗言诋毁，历朝历代都有，那时候也不例外，加上官场腐败，权臣当道，晚年玄宗又是个昏君，李白遇到点挫折不足为奇。只是，李白自己也有很大的毛病，他的任性妄为，连皇帝都略感不爽，以高力士敢于直言的个性，想来多少也会指出过李白的问题，不过这与其叫“谗毁”，不如叫“直言”更合适。

然而，不管高力士多冤，后世之人是吃定了高力士，认定了他谗毁李白，以一己之力毁了李白的人生理想，认定他是造成李白人生悲剧的罪魁祸首。

比李白晚近一个世纪的唐人张祜有《梦李白》长诗，以李白的口吻控诉高力士：

中人高力士，脱靴羞欲乐。

谗言密相构，送我千万里。

宋人李吕自称李白后人，虽朝代更迭，他对祖宗受到的不公待遇仍耿耿于怀，“吾宗老太白，俊逸自幼年”，令他最欣慰的事情是，这位唐朝的先祖曾经“奴视高力士，风期鲁仲连”。

李白的仰慕者苏轼读到力士脱靴的故事，认为此举“气盖天下”。

行文至此，有些感慨，李、杜并称，杜甫太吃亏了。人们谈起杜甫时，会讲他的诗如何老练，他对国家是如何忠诚，他对人民是如何同情，这都是实打实的优点，但谈到李白时，却总是讲那些有的没的奇奇怪怪的故事，连真假都不带问的。

杜甫靠努力和天才成了诗圣，李白的诗仙，更像是被别有用心的政治家、落魄的文人和稀里糊涂的民众硬生生捧出来的。

与“力士脱靴”工整对仗的另一个故事，是“贵妃磨墨”，甚至还有“国忠捧砚”，庸俗荒唐，李白泉下听了恐怕也会难为情。“汪伦送行”“老纪酿酒”这样朴实真挚的故事不香吗？为什么非要以李白之名，抒发自己格调不敢恭维的狂想呢？非要把有血有肉的李白整成随处可用、没有感情的工具人呢？

青云直上，遇到的不全是艳阳高照，更多的是风雨雷鸣。

高力士也写诗，他留下的诗不多，有一首《感巫州荠菜》写于安史之乱后他被贬巫州时，字字浅近，絮叨耳语，涓涓细流，但你总觉得，那里面好像埋着一颗悲伤的核弹。

感巫州荠菜

高力士

两京作斤卖，五溪无人采。

夷夏虽有殊，气味都不改。

万有引力

风花雪月，月之所以是最后一个，纯属为了音韵铿锵，不是说它地位比较次要。

作为宇宙中人类肉眼可见的目视体积仅次于太阳的发光体，月亮怎么可能是最次要的呢？孔夫子见过，秦始皇见过，安期生和徐福见过，李白杜甫见过，我们见过，未来的人们自然也要见过。

古人看月亮时，难免会想到更古的人，有时也会忍不住想到未来的人。月亮的存在感强到什么地步？要知道，即便李白，面对唐朝那轮比现在更为明亮的月亮，也曾破天荒般短暂地停下过手中的酒杯：

把酒问月

李白

青天有月来几时，我今停杯一问之。
人攀明月不可得，月行却与人相随。
皎如飞镜临丹阙，绿烟灭尽清辉发。
但见宵从海上来，宁知晓向云间没。
白兔捣药秋复春，嫦娥孤栖与谁邻。
今人不见古时月，今月曾经照古人。
古人今人若流水，共看明月皆如此。
唯愿当歌对酒时，月光长照金樽里。

这首诗如果让我取一个题目，我可能会非常无趣地称之为《铁打的月亮流水的人》。

在我看来，没有什么题目能比这句话更准确。月球上有上亿吨铁，岂非铁打？人身上有近百斤水，岂非流水？月球至今数十亿岁，仍未见老态，岂非铁打？人生不满百，岂非流水？

今人不见古时月，今月曾经照古人。古人今人若流水，共看明月皆如此。

公元730年，李白三十整，第一次入长安。

此时，另一位才华横溢的前辈诗人已成古人，他就是《春江花月夜》的作者张若虚。

春江花月夜（节选）

张若虚

江畔何人初见月？江月何年初照人？

人生代代无穷已，江月年年望相似。

李白诗的那四句，跟张若虚的这四句，怎么看都像是严丝合缝的唱和，每一句都能对得上。

第一句见月，第二句照人，第三句浮生如流，第四句共看此月。

铁打的月亮流水的人，无穷的时光有限的生涯。一月虚悬，万代同慨。前不见古人，后不见来者，将无尽的惆怅连通起来的，唯有那轮明月。

诗里的月亮不是冰冷的石头，不是粗蠢的铁疙瘩，它是路由器，是储存卡，是监控摄像头，是记忆宫殿，是时空穿梭机，是人间的见证者，是耐心聆听过无数倾诉的有故事的老朋友。

月下独酌四首

李白

其一（节选）

花间一壶酒，独酌无相亲。

举杯邀明月，对影成三人。

其三（节选）

醉后失天地，兀然就孤枕。

不知有吾身，此乐最为甚。

其四（节选）

穷愁千万端，美酒三百杯。

愁多酒虽少，酒倾愁不来。

李白想要的“不知有吾身”的境界究竟是什么？不羁。

不受岁月、肉身、悲欢之羁绊，不受社会规则、自然法则之约束，免于饥饿、恐惧、病痛、虚荣、寂寞、侮辱、悔恨、羞惭、焦虑及一切生理欲望，无拘无束，心游无极，寿与天齐。

不羁，就是自由。

相信秦始皇、安期生、陶渊明、你我都会附议。但是我们应该都很清楚，作为人类，我们一定会失败的。秦始皇遇到的安期生是骗子，注定了“吃枣药丸”；陶渊明是大V，善于分享新编的故事；李白与明月对饮，但他不知道，即便是虚空中看上去缥缈的月亮，也无法摆脱引力。

如果能够回到唐朝，遇到蜜月中打点行装的李白，我有百分百的把握，让这个生来不羁的人接受“我们一定会失败”的观点，听不懂我的现代口语没关系，我会穷尽毕生所学，用蹩脚的文言文写给他：“吾辈必败。”

在确定李白已彻底被我说服后，蹭酒的当口，我或许还会跟年轻的李白分享一句我所了解的一点八卦：“明月几时有？四十五亿载。明月竟何物？绕地一铁块。”

李白会因此打消去长安的念头，并停止月下独酌吗？我觉得不会。

事实上，李白的回答，我早就猜到了：“安期公？”

我想我会忍不住逗留一阵，以“安期公”的身份，尝试着为李白的人生开一些挂。至少，我可以为他预测一下安史之乱的到来，并且提供一些毒性比较小的“仙丹”。问题是，为了取得李白的信任，我该上哪去找像瓜一样大的枣呢？

我可以告诉李白我所知道的一切，但我敢担保，李白的人生依然手足无措。

即便冒充“安期生”身份，博古通今且自带“仙人光环”的我，在宇宙、人生这类话题上，又何尝不注定手足无措呢？碳基肉身的人类，大概永远不会有那种类似“完美人生”的方案。如果哪个人或哪个团体声称他找到了完美方案，相信我，他一定是骗子。

“安能摧眉折腰事权贵，使我不得开心颜”，看起来慷慨激爽、旷然物外，但盛唐的晦暗厅堂里，李白面对权贵时如何能不摧眉折腰？

“云想衣裳花想容，春风拂槛露华浓，若非群玉山头见，会向瑶台月下逢”这样的句子真的是值得喝彩的好诗吗？

那个被李白赞美“制作侔神明，德行动天地，笔参造化，学究天人”的权势者，真的意识不到这个不羁的诗人正在拍自己的马屁吗？

杜甫有名句：“朱门酒肉臭，路有冻死骨。”盛唐的黑暗面，任何有良心的人都难以装作视而不见，但明明胸中充满了愤怒，杜甫仍不得不过着“朝扣富儿门，暮随肥马尘”的生涯。

杨国忠是大唐巨奸，但同样也是大唐巨贵，在为前途忧虑的日子里，杜甫为结识杨国忠，走后门，托关系，他有没有片刻的犹豫？

“银鞍照白马，飒沓如流星”“十步杀一人，千里不留行”的少年慷慨，在血腥的安史之乱面前，何以变成了“宝书长剑挂高阁，金鞍骏马散故人”？

“边月随弓影，胡霜拂剑花”这样摄人心魄的诗句，难道仅仅是酒后无聊的唏嘘？投奔南方的永王之时曾写下“试借君王玉马鞭，指挥戎虏坐琼筵”“南风一扫胡尘静，西入长安到日边”的人，为何在事败之后又改口“空名适自误，迫胁上楼船”“徒赐五百金，弃之若浮烟”？

安史之乱烽烟起，李白心安理得地果断逃遁。

扶风豪士歌（节选）

李白

洛阳三月飞胡沙，洛阳城中人怨嗟。
天津流水波赤血，白骨相撑如乱麻。
我亦东奔向吴国，浮云四塞道路赊。
东方日出啼早鸦，城门人开扫落花。
梧桐杨柳拂金井，来醉扶风豪士家。
扶风豪士天下奇，意气相倾山可移。

逃亡途中，不妨一醉，醉后不仅忘记是逃兵，还互相夸耀彼此为豪士。

秦人半作燕地囚，杨花茫茫愁杀人，不妨他槌牛挝鼓会众宾。

英雄浪漫主义，慷慨激昂之语，酒酣耳热之歌，原本都是极其容易改口的。那些被今日少年们目为“霸气无比”“痛快淋漓”“侠气干云”“千古风流”的字句，自然是文学意义上的瑰宝，但从其真正的意思看，不少都是行文至此，不得不为的俗套。

“抽刀断水水更流，举杯消愁愁更愁”本是实话，但既已把人间愁苦写尽，下句则不得不强行再进一步，于是结为“人生在世不称意，明朝散发弄扁舟”。

只是，这后一句便落入俗套，虽然未必是假话，但至少是句套路话。无他，气氛烘到这儿了。

“世间行乐亦如此，古来万事东流水”，本是实话，但既已把人生无常写尽，下句则不得不寻求解决办法：“别君去兮何时还？且放白鹿青崖间，须行即骑访名山。”既已决定与俗世作别，何妨再进一步，更增一层爽快？“安能摧眉折腰事权贵，使我不得开心颜”随笔荡出，炉火纯青，俨然天成。只是，我们只需知道一件事：爽快的诗，最后一句，往往是不得已而出之，不足为凭。

明月之下，并无新事。

多少人在月亮的见证下体会过“活着”的滋味？多少雄心壮志，多少浪漫冒险，多少琐碎不堪湮灭于悠悠天地之间？哪个人的人生不是悲欣交集、喜忧参半、手足无措、心有不甘？惹人喜爱的，清风山岳、五湖明月、山花灿烂；让人烦恼的，生老病死、工作遇挫、路有恶犬。

人生热闹的饮宴之上，偶尔也颇有“金樽清酒斗十千，玉盘珍羞直万钱”的快意。

然而，不知为何，总有那么一些时刻，我们忍不住走神，不解何故，只是突然恍惚：“停杯投箸不能食，拔剑四顾心茫然。”

李白所有的诗里，我的最爱之一是这首：

听蜀僧濬弹琴

李白

蜀僧抱绿绮，西下峨眉峰。

为我一挥手，如听万壑松。

客心洗流水，余响入霜钟。

不觉碧山暮，秋云暗几重。

不写雄心壮志，不吹牛皮大话，不曾顾影自怜，没有宇宙日月，没有鬼怪神仙，没有相思送别，只是安静地听一个僧人弹琴。

即使最后一句，也忍住了种种俗套，不曾写“明朝挂帆去，枫叶落纷纷”，甚至连“过此一壶外，悠悠非我心”的感慨都没有，通篇只是一片清澈。那种清澈，与酒后的忘却俗尘不同，与修道的宗教幻觉不同，那是清醒的清澈，那是一种明明身在尘世而又切实体会到尘世之美的实话实说。

李杜诗篇万口传，至今已觉不新鲜。

江山代有才人出，各领风骚数百年。

这是清朝人赵翼的诗，李说的是李白，杜自然是杜甫。

我们在办公格子间或呼啸的地铁上看古人，有时觉得高深莫测，有时觉得不过如此。

我们肆意臧否人物，凭借一己好恶把古人捧上神坛，转眼又踢入泥潭。

酒桌上意气纵横，偶尔会喊出古人的诗句，杯酒入怀，浇的是自己的心事——承认吧，我们并不关心李白，或者杜甫，我们所关心的，只有自己。好在，我们的琐碎议论，古人已经没办法在意了。

李白听过蜀僧弹琴，杜甫见过公孙大娘舞剑。当然，他们还遇见过比这更惊艳的事：他们分别顺利成了李白和杜甫，并且，在活着的时候遇到了彼此，聊过天，喝过酒，挠过头，感叹过这一番乱麻的人生。

生命本是一场久病，非死不愈。

听过了，见过了，遇到了，就好。

附录：

那年（唐开元十八年·公元 730 年）概况

【偏艺文思想向人物】

李治（约）1 岁

王韫秀 1 岁

李嘉佑（约）3 岁

严武 5 岁

怀素（约）6 岁

独孤及 6 岁

韩滉 8 岁

僧皎然（约）10 岁

元结（约）12 岁

贾至 13 岁

萧颖士 14 岁

皇甫冉（约）14 岁

岑参（约）15 岁

李华 16 岁

杜甫 19 岁

江采萍 21 岁

常建 23 岁

颜真卿 22 岁

储光羲（约）25 岁

不空（母国斯里兰卡）26 岁

高适（约）27 岁

崔颢（约）27 岁

李白 30 岁

王维（约）30 岁

王昌龄 33 岁

祖咏 32 岁

晁衡（母国日本）33 岁

包融 36 岁

元德秀（约）36 岁

丘为（约）36 岁

綦毋潜 39 岁

李颀（约）41 岁

孟浩然 42 岁

王之涣（约）43 岁

王翰（约）44 岁

鉴真 43 岁

神会（约）47 岁

张旭 46 岁

吴道子（约）51 岁

司马贞 52 岁

李邕 53 岁

怀让 54 岁

玄朗（约）58 岁

张九龄（约）58 岁

金刚智（母国印度）（约）60 岁

玄素（约）63 岁

贺知章 72 岁

司马承祯 91 岁

【偏政治军事向人物】

张孝忠 1 岁

姜公辅 1 岁

贾耽 1 岁

鱼朝恩 9 岁

李泌 9 岁

李璘（约）10 岁

杨玉环 12 岁

元载 18 岁

李亨 20 岁

李光弼 23 岁

张巡（约）23 岁

王忠嗣 25 岁

哥舒翰 27 岁

李辅国 27 岁

裴冕 28 岁

安禄山 28 岁

史思明 28 岁

王缙 29 岁

杨国忠（约）31 岁

金城公主 33 岁

郭子仪 34 岁

李适之 37 岁

鲜于仲通 38 岁

玉真公主（约）39 岁

李隆基 46 岁

高力士 47 岁

李林甫 48 岁

裴耀卿 50 岁

裴宽 52 岁

裴光庭 53 岁

李朝隐 66 岁

陆象先 66 岁

宋璟 68 岁

春，李白在湖北安陆。李白年少读司马相如《子虚赋》，慕名访云梦泽，于安陆结婚成家。

【正月】，黄门侍郎裴光庭为侍中，兼御史大夫。左丞相张说加开府仪同三司。（注：去年裴光庭为中书侍郎，张说有《奉裴中书酒》。）波斯王子继忽娑来朝，献香药犀玉等，波斯国王及新罗国王各遣使来朝贺正，各赐帛有差。丙午，玄宗幸薛王李业宅，即日还宫。（注：岐王范与薛王业均为玄宗之弟，二人之宅都入名诗，杜甫《江南逢李龟年》："岐王宅里寻常见，崔九堂前几度闻。"张祜《大酺乐二首其二》："紫陌酺归日欲斜，红尘开路薛王家。”赵含章撰并行书《唐游击将军薛侯碑》。）

【二月】，初令百官于春月旬休，选胜行乐，自宰相至员外郎，凡十二筵，各赐钱五千缗；上或御花萼楼邀其归骑留饮，迭使起舞，尽欢而去。（注：玄宗所建之花萼相辉楼，是盛唐演艺及重大活动场地，不乏通宵达旦，王昌龄《夏月花萼楼酺宴应制》：“雾晓筵初接，宵长曲未终。”上述歧王和薛王堪称花萼楼常驻嘉宾，顾况《八月五日歌》：“丹青庙里贮姚宋，花萼楼中宴岐薛。”）大雨雪，俄又雷震，左飞龙厩火灾。辛未，免囚罪杖以下。

【三月】，三日，百官宴于定昆池，赋诗唱和。（注：定昆池乃大唐野心家安乐公主所造，意欲压倒皇家昆明池，二十年前，安乐公主为玄宗所杀。改定州县上中下户口之数。复给京官职田。）二十八日，李通玄卒，享年九十六岁。（注：李通玄是大唐皇族，四十岁后不读外书，倾心《华严经》，成为《华严经》宗外重要学者。）

初夏，李白经今南阳往长安，路程约一千二百里。至长安，谒张说父子，无果。夏至秋，寓居终南山玉真公主别馆，荒园寂寞，愁肠百结。欲谒玉真公主，不遇，赋《玉真仙人词》。又谒其他王公大臣，俱无果。赋《蜀道难》《长相思》《古风》之三十八（孤兰生幽园）。

【四月】，十三日，玄宗宴群臣于宁王园池，君臣赋诗唱和。筑京城外郭。以裴光庭兼吏部尚书，裴始奏用循资格。米国、石国、吐蕃、突厥各遣使来朝贡，并赐帛有差。壬戌，玄宗幸宁亲公主第，即日还宫。（注：宁王李宪是玄宗大哥，一生隐忍保平安，但他家的池子似乎不错，玄宗《同玉真公主过大哥山池》诗："鹜池临九达，龙岫对层城。"张九龄《敕赐宁王池宴》："贤王有池馆，明主赐春游。"结合上述安乐公主及下文华清宫事，可知李唐皇家多么迷恋水池。宁亲公主是玄宗之女，嫁给了张说之子张垍，李白、杜甫入京求名时，都托过张垍的关系，杜甫夸他"健笔凌鹦鹉，铦锋莹鹳鹩"，希望他提携自己："顾深惭锻炼，材小辱提携。"这人安史之乱第一时间投降了安禄山。《全唐诗》收诗一首，很一般。）

【五月】，吐火罗僧难陀来朝贡，献瑞麦香药等。吐蕃遣使致书求和。张说撰《赠吏部尚书萧公神道碑》，梁升卿八分书，玄宗八分题额。刘濬夫妻合墓于乾陵陪茔。（注：刘于四十多年前被酷吏所杀，其墓于 1960 年重现天日，墓志有一语曰"山长海阔，万无一回"。）契丹大臣可突干弑其王李邵固，率部降于突厥，玄宗制令幽州长史讨之，又命中书舍人裴宽、给事中薛侃等于关内、河东、河南、北分道募勇士。（注：裴宽应该就是李白《上安州裴长史书》的裴长史，是个好官但长得一般，年轻时相亲，又瘦又高还穿着一身绿，被女方家族呼作“碧鹳雀”。鹳雀是水鸟，腿长嘴长如鹤，唐时妇孺皆知，山西有鹳雀楼，成就许多名作，李益《登鹳雀楼》：“事去千年犹恨速，愁来一日即为长。”王之涣《登鹳雀楼》：“欲穷千里目，更上一层楼。”）

【六月】，命左右丞相、尚书及中书门下五品以上官，举才堪边任及刺史者。甲子，彗星见于五车。癸酉，有彗孛于毕、昴。瀍水溢，漂损扬楚淄德等州租船。丙子，忠王浚为河北道行军元帅。壬午，洛水溢，坏天津、永济二桥及民居千余家。（注：唐时西京多旱、东京多雨，从开元四年至今年的十五年间，洛阳有水灾的年份竟多达八年。天津桥横跨洛水，是当时名胜，李白《忆旧游寄谯郡元参军》提及此桥：“忆昔洛阳董糟丘，为余天津桥南造酒楼。黄金白璧买歌笑，一醉累月轻王侯。”《古风其十八》有“天津三月时，千门桃与李”句，安史之乱中作《扶风豪士歌》亦有“天津流水波赤血，白骨相撑如乱麻”句。又苏颋：“君不见天津桥下东流水，东望龙门北朝市。”元稹：“天津桥上无人识，闲凭栏干望落晖。”刘希夷：“天津桥下阳春水，天津桥上繁华子。”孟郊：“天津桥下冰初结，洛阳陌上人行绝。”）

【闰六月】，贺知章、张说赋诗送陆象先赴荆州长史任，张说本年底去世，送别诗“此别黄叶下，前期安可知”之句，可谓一语成谶。分幽州置蓟县。己丑，令范安及、韩朝宗就瀍、洛水源头处疏浚，置水闸以节水势。（注：范安及是将作大匠，是玄宗重用的工程师，两年后受命筑造的由花萼楼通往芙蓉园的夹城，直接影响了唐代诗歌史，在夹城的基础上，才有杜甫名作《秋兴八首之六》：“花萼夹城通御气，芙蓉小院入边愁。”以及李商隐名作《晚晴》：“深居俯夹城，春去夏犹清。天意怜幽草，人间重晚晴。”韩荆州即朝宗，李白后来有《与韩荆州书》，书中引民间语曰：“生不用封万户侯，但愿一识韩荆州。”又回忆此番入京事迹：“三十成文章，历抵卿相。”望韩荆州大力举荐，韩朝宗不看好。韩朝宗曾想举荐孟浩然，但孟浩然当时忙着喝酒，放了他鸽子，我怀疑当时孟的酒友就是李白。）辛卯，礼部奏请在八月玄宗诞辰千秋节时休假三天，社日也调到千秋节，先谢白帝、报田祖，然后坐饮，从之。

秋，李白困坐玉真别馆至秋，是岁多雨成灾，李白赋《玉真公主别馆苦雨赠卫尉张卿二首》《下终南山过斛斯山人宿置酒》。游邠州，心境悲戚失落至极，有“寒灰寂寞凭谁暖，落叶飘扬何处归”“长风入短袂，内手如怀冰”之句。此行应为谋职，未果。

【七月】，庚辰，玄宗幸宁王宪第，即日还宫。张九龄由洪州刺史改任桂州刺史。

【八月】，初五日为玄宗诞辰“千秋节”，上御花萼楼，百官献贺，上赐四品以上金镜、珠囊、缣彩，赐五品以下束帛有差，又与张说等赋诗唱和，御制八韵诗及秋景诗。辛亥，幸永穆公主宅，即日还宫。（注：永穆公主是玄宗爱女，丈夫王繇以老实厚道著称，夫死后，公主出家，事在十年后。《五台山清凉寺碑》：“开元二十有八载，帝之元女曰永穆公主，银邯摸灵，琼娥耀质，发我上愿，归乎大雄。”）

【九月】，上以单于大都护忠王浚兼河东道元帅，然竟不行。李邕撰并行书《麓山寺碑》，此碑自古是著名景点，备受历代游客胡刻乱画之苦，其中宋代米芾于三百五十年后即公元 1080 年，在碑阴一口气刻了十六个字：“襄阳米芾同广惠道人来，元丰庚申元日。”

冬，李白游坊州，欲另辟出路，盼地方官员“假我青云翼”，未果。

【十月】，吐蕃求和称臣，许之。吐蕃使为金城公主奏请《毛诗》《文选》《礼记》《左传》各一部，制令秘书省写与之。（注：金城公主十三岁和亲吐蕃赞普尺带珠丹，丈夫虽高位，惜乎是个反复小人，金城公主幼年远嫁渣男不说，连读点书都得找娘家抄，何其不幸。）玄宗幸凤泉汤。护蜜国王罗真檀入朝。（注：护蜜在今阿富汗，国土是个长条，《新唐书·西域传》：“横千六百里，纵狭才四五里。”）

【十一月】，波斯首领穆沙诺来朝献方物。东西突厥同时入贡，玄宗宴之于丹凤楼。下《禁隐蔽人户等第敕》。幸骊山温泉。（注：骊山温泉即华清池，玄宗即位后，几乎每年十月都会准时幸华清池，大概政事过于繁忙，今年略微晚了一些，李颀《送李回》：“千岩曙雪旌门上，十月寒花辇路中。”王建《温泉宫行》：“十月一日天子来，青绳御路无尘埃。”十二年后李白侍从骊山，《驾去温泉后赠杨山人》：“忽蒙白日回景光，直上青云生羽翼。”又“幸陪鸾辇出鸿都，身骑飞龙天马驹。”）

【十二月】，戊子，丰州刺史袁振坐妖言下狱死。庚申，尚书左丞相、燕国公卒，享年六十四岁。（注：丰州刺史袁振十四年前为鸿胪寺卿，曾受命出使突厥以拒绝对方的求婚，言辞颇犀利，此番“妖言”不知何事；张说与苏颋分别封燕国公和许国公，号“燕许大手笔”，张说有名句，《蜀道后期》：“秋风不相待，先至洛阳城。”李白先谒苏，苏赞李白“天才英丽”，本年谒张说，无果。）

是岁，天下奏死罪止二十四人。

是岁，百官及华州父老累请上尊号内加“圣文”两字并封华山为西岳，不允。

是岁，西京沙门寺僧智昇进所撰《开元释教录》二十卷。

是岁，金刚智于长安大荐福寺译出《金刚顶经曼殊室利菩萨五字心陀罗尼品》一卷。

是岁，杜甫北渡黄河，游晋，至郇瑕，从韦之晋、寇锡游。

是岁，高适北游燕赵，且于燕地从军。

是岁，王维拜入道光禅师座下的第二年，丧妻前一年，闲居长安，作《华岳》诗。

是岁，孟浩然游浙江定山、鱼浦潭、余杭、天台山、郯县并往来于海上。

是岁，王昌龄上书李林甫。

是岁，造兴唐观。置云中县。改清城为青城。迁青城山建福宫于今址。

是年，时人牛肃记菩提寺有长生猪，在寺十余年，猪死焚之，得舍利百余粒。

是岁，宇文融卒。庐江灊山天柱寺惠符卒。

是岁，赠王忠嗣之父安西大都护。

是岁，龟兹王白孝节遣弟孝义来朝。吐火罗国献红玻璃、碧玻璃、生玛瑙、金精及质汗等药。

是岁，渤海国连年朝贡，献鹰、鲻鱼、海豹皮、貂鼠皮、玛瑙杯、马等。

是岁，安西节度使吕休林表荐东天竺国人三藏沙门摩战月罗（法月）入朝。

是岁，陶翰等二十六人进士及第。试《冰壶赋》，以“清如玉壶冰，何惭宿昔意”为韵。（注：这年的状元是崔明允，岑参有《巩北秋兴寄崔明允》诗云：“君子佐休明，小人事蓬蒿。”结合李白事迹，益知见唐人对“蓬蒿”这件事是多么介意。）

是岁，李阳冰、张继、刘长卿、卢象、裴迪、崔国辅、裴旻、阎德隐、公孙大娘、李龟年等人当在世，年岁不详。

是岁，距安禄山起兵、马嵬坡之变二十五年。

是岁，日本（天平二年）奈良平城京药师寺东塔、兴福寺五层塔建立。大伴旅人任大纳言。

说明：

这个简陋表格的本意，是想让读者对开元十八年有一个大概的印象：

当时的地球上，除了李白，还有哪些人活着？当年的盛唐诗人、艺术家和政治人物都在哪里，都在干什么？当年发生了哪些国家大事，当年的新闻热点和高考题目是什么？当年的天气怎么样，有没有什么灾祸？如果你是李白，在三十岁的时候，

你会遇到什么样的世界？

要知道，李白到底是不是开元十八年进入长安的，又或者，李白在开元十八年的时候到底是不是三十整，这些问题和许许多多的历史问题一样，在学界并不是铁板钉钉的结论。如果李白是开元十九年进京，如果李白进京那年不是三十整，而是二十七，那我这个一厢情愿的"那年"盘点岂不是很尴尬？应该还好。总之都是那几年嘛，世界又能变幻到哪里去？

整理的时候，参照了《贞元新定释教目录》《旧唐书》《新唐书》《唐会要》《资治通鉴》《册府元龟》《文献通考》《登科记考》《中国历史人物生卒年表》、闻一多《少陵先生年谱会笺》及《全唐诗人小传》、安旗薛天纬《李白年谱》、（日）筧久美子《李白年谱》、张清华《王维年谱》、周勋初《高适年谱》、刘文刚《孟浩然年谱》、顾建国《张九龄年谱》、陈文新《中国文学编年史》、袁祖亮《中国灾害通史》等相关内容，遇学界争议及疑难处，由本人取舍判断并加以己意，并没有什么过硬的依据。篇幅问题，没有一一做出说明，此点请读者万万注意。

本表仅作为大家阅读本书的参考，希望给大家提供一些唐诗阅读最初阶的指引，增添一些阅读的乐趣，限于水平，必然有贻笑大方之处，念在作者已经尽力的份上，还望亲爱的读者批评、指正、见谅。